FRÉDÉRIC SOUTRAS

LES

PYRÉNÉENNES

RÊVES, PENSÉES ET PAYSAGES

BAGNÈRES-DE-BIGORRE

IMPRIMERIE DE J.-M. DOSSUN, PLACE NAPOLÉON

1856

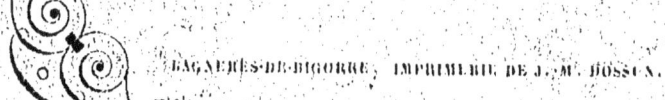

BAGNÈRES-DE-BIGORRE, IMPRIMERIE DE J. M. DOSSUN.

LES

PYRÉNÉENNES

IMPRIMÉ PAR J.-M. DOSSUN, A BAGNÈRES-DE-BIGORRE,
PLACE NAPOLÉON.

FRÉDÉRIC SOUTRAS

LES

PYRÉNÉENNES

RÊVES, PENSÉES ET PAYSAGES

BAGNÈRES-DE-BIGORRE

IMPRIMERIE DE J.-M. DOSSUN, PLACE NAPOLÉON

1856

Dieu merci, l'auteur inconnu qui se présente devant le public un livre nouveau à la main, se trouve désormais affranchi de la profession de foi littéraire, naguère encore passeport indispensable pour quiconque prétendait arriver au succès et à la réputation. A l'heure qu'il est, ce certificat de civisme romantique ou classique, que l'écrivain s'octroyait généreusement à lui-même, n'est plus jugé nécessaire que par quelques rares Epiménides, en retard de plus de vingt années sur la marche du siècle. Le bon sens, en effet, ou si l'on aime mieux, la lassitude générale, a fait justice de ces questions d'école, qui soulevaient autour d'elles tant d'orages et de clameurs, tumultueuses mêlées, pleines d'aveuglements réciproques, inutiles

1

effusions d'enthousiasme juvénile ou de foi
surannée, luttes confuses et sans résultat,
victoires sans trophées, où la tunique un peu
raide de Racine n'est pas plus restée aux mains
des novateurs, qu'à celles de leurs adversaires
le manteau parfois traînant de Shakspeare.
La génération, essentiellement critique, qui a
succédé à l'effervescente et batailleuse phalange
de 1829, a compris sans peine la complète
vanité de ces pugilats littéraires, et, impartiale
parce qu'elle est désintéressée, elle a, pour
ainsi dire, séparé les combattants, en faisant à
chacun des camps sa part équitable, son lot
sacré de génie et de gloire. Entraînée peut-être
à son insu vers les puissants et aventureux
esprits qui ont volé si haut et si loin sur l'aile
de l'imagination libre, elle n'est point restée
sans admiration et sans sympathie pour ces
intelligences plus timides ou venues trop tard,
qui se sont volontairement, comme Racine,
emprisonnées dans la règle, et n'en ont pas
moins créé des chefs-d'œuvre empreints d'une
splendeur et d'une grâce immortelles. Enfin,
juste même pour le présent, cette génération
que j'appellerai volontiers éclectique (en littérature seulement, bien entendu), tour à tour
bercée par la stance harmonieuse de Lamartine,
ou emportée à travers l'espace sur la strophe

haletante de Hugo, s'est sentie tout aussi émue aux accents d'une muse moins ambitieuse, et à côté de ces lyriques inspirés qui ont fait vibrer les cordes les plus douces ou les plus sonores de l'âme humaine, elle a placé, et dans un rang égal, Béranger, le dernier des classiques, dont les refrains, pendant quinze années de lutte, ont égayé les laborieux efforts de la liberté, et consolé la France de la honte subie et de la gloire perdue !

La critique moderne, après cet impartial arrêt rendu sur les hommes, a dû se prononcer également sur les théories formulées par les novateurs avec toute la foi et toute l'inexpérience de la jeunesse. Et là encore, tout en se montrant sévère, elle a su rester équitable et sensée. Que prétendaient, en effet, ces théories ? Tracer de nouvelles voies, ouvrir des horizons plus larges, lancer l'art rajeuni et dégagé des vieilles entraves, vers je ne sais quelle Atlantide poétique, toute radieuse de soleil, pleine d'éblouissements et de prestiges. Et les naïfs croyaient, et la foule battait des mains, et l'on ne doutait pas que ne parût bientôt le hardi Colomb qui devait, à travers l'Océan inconnu, conduire la tribu chantante à cette rive lumineuse, entrevue au loin, où devaient se cueillir, au sein d'une liberté féconde, toutes les fleurs de l'imagina-

tion et tous les fruits de la pensée. A cet
enthousiasme sincère, il faut bien en convenir,
qu'a répondu la critique ? Une chose toute simple, toute de bon sens ; c'est que les théories,
depuis qu'il y a des théories au monde, n'ont
pas produit une seule grande œuvre ; c'est que,
bonnes tout au plus pour les arts purement
plastiques, les théories n'ont aucune influence
fécondante sur les travaux de l'imagination, et
que la poésie surtout, spontanée de sa nature,
s'y refuse et s'y dérobe. Homère a fait l'Iliade,
Dante, la divine comédie, Shakspeare, Hamlet,
Othello, le roi Lear, Macbeth. D'où procè-
dent ces poèmes qui résument, l'un le monde
antique à peine débrouillé de la barbarie,
l'autre, le moyen âge, saignant et se débattant
sous le glaive ? D'où viennent ces drames terribles sous lesquels on sent palpiter, comme le
feu des volcans sous la croûte de granit, je ne
sais quelle vie profonde et tourmentée où se
mêlent les dernières convulsions du passé et les
premiers tressaillements du monde moderne ?
Quelles théories ont connues Homère, Dante et
Shakspeare, et de quelle poétique sont-elles
nées ces œuvres grandioses que les générations
mesurent avec respect et admirent avec épou-
vante ?

De pareils poèmes et de pareils drames sont

fils d'eux-mêmes et de leurs siècles. Les théories
n'enfantent pas; elles sont, comme le désert,
brillantes et stériles. Le génie seul est fécond, et
seul le temps inspire. Oui, le temps ! — prenez
les productions les plus sérieuses comme les
plus légères de l'esprit humain; prenez l'Iliade,
et prenez quoi encore? — mon Dieu! j'en de-
demande pardon à Homère, prenez Vert-Vert,
l'infiniment petit et l'infiniment grand. Qui ne
sent, qui ne comprend que l'Iliade est venue
en son temps et à son heure, à ce point imper-
ceptible dans l'histoire, mais bien marqué dans
le poème, où la barbarie grecque finit et où la
civilisation commence? Et Vert-Vert pouvait-il
naître ailleurs qu'aux pieds de Mme de Pompa-
dour, au sein de cette société élégante et folle,
qui sous les fleurs déguisait la boue, et qui,
avec un laisser-aller si charmant, jetait toutes
les délicatesses de l'esprit sur toutes les cor-
ruptions du cœur?

Toute œuvre donc, sérieuse ou légère, sublime
ou frivole, simple ou prétentieuse, porte avec
elle son millésime moral, et est, pour ainsi
dire, frappée à l'effigie de son siècle. La théorie,
si la théorie avait été possible alors, aurait eu
beau être lâche et efféminée au temps de l'immortel aveugle, que l'Iliade n'en aurait pas
moins reproduit la simplicité des mœurs anti-

ques, et fait passer devant nous, dans leur
héroïsme encore brutal, ces guerriers vêtus
d'airain, qui pourtant s'amollissent aux prières
et s'attendrissent aux larmes. En revanche, la
théorie aurait eu beau être sévère et rigide sous
Louis XV, que Watteau n'en aurait pas moins
peint ces bergères enrubanées, et que Vert-Vert
n'en aurait pas moins déployé son aile et charmé
de son élégant caquetage ce monde du dix-huitième siècle qui ne demandait, entre une orgie et
une révolution, qu'à être égayé par l'esprit et
bercé par les amours indulgents et les grâces
faciles.

Mais si les théories littéraires, même formulées par les plus féconds esprits, sont impuis-
santes, si elles n'exercent qu'une influence à
peu près nulle sur les œuvres contemporaines,
il n'en saurait être de même des écoles, et surtout de certains génies impérieux et absor-
bants, qui les dominent et les personnifient.
Rousseau, qui, en plein dix-huitième siècle,
put parler de Dieu oublié sans faire sourire les
abbés incrédules, et de l'homme asservi sans
courroucer les princes oppresseurs, Rousseau,
ce philosophe chagrin, Rousseau, ce penseur
radical, Rousseau, ce cœur amer et ulcéré, a
fait à lui seul plus d'écrivains que n'en ont fait
et que n'en feront jamais les théories. Il a fait

Bernardin de Saint Pierre et Mme de Staël,
Lamennais et George Sand, Châteaubriand et
de Maistre, ceux qui l'ont aimé comme ceux
qui l'ont haï, et c'est entouré de cette glorieuse
postérité littéraire, que s'avancera dans les
siècles cet entraînant génie qui a ému le dix-
huitième siècle lui-même et l'a fait pleurer, et
qui émeut encore et passionne une génération
pleine de sa pensée et de son souffle immortel !

Enfin, de nos jours, si la nouvelle école a conquis, non sur Racine et Voltaire, qu'elle ne s'y
trompe pas, mais sur la plate littérature de
l'empire, un terrain long-temps disputé, elle
doit moins ce triomphe à ses théories audacieu-
ses qu'aux œuvres éminentes qui ont illustré
ses débuts. Telle strophe de Hugo a fait plus
de romantiques (je me sers de ce mot, faute
d'autre), que toutes les préfaces placées en
tête de ses recueils; et Lamartine, avec une de
ses mélodies rêveuses et berçantes, *le Lac*,
par exemple, a plus attiré d'âmes et de cœurs
que Sainte-Beuve n'a pu gagner d'esprits avec
toutes ses analyses subtiles et toutes ses disser-
tations érudites.

Ainsi, éclectisme de la génération actuelle en
fait de poésie; impuissance des théories abso-
lues; action directe, profonde des mœurs sur
la littérature; influence non moins réelle des

grands écrivains ; tels sont les points qui semblent désormais irrévocablement fixés par la critique moderne.

La question littéraire étant ainsi dégagée, éclaircie ; n'ayant point de profession de foi à formuler, moins encore de théorie à émettre, il semble que l'auteur de ce recueil aurait pu se dispenser, et surtout dispenser le lecteur, de tout préambule, et laisser ses rimes s'en aller seules à travers le monde, sans l'inutile précaution d'un avant-propos ou d'une préface. Ainsi aurait-il fait, se confiant à l'impartialité littéraire de ce temps et à quelques sympathies généreuses qui ne lui ont pas fait défaut jusqu'à ce jour, si, au moment de publier ce volume composé en dehors de toute préoccupation exclusive, de tout engagement d'école ou de coterie, il n'avait tenu à constater l'heureux progrès de l'opinion en matière d'art, s'il n'avait eu surtout à s'expliquer sur le titre même du livre.

Cette explication, toute personnelle, sera bien simple et bien courte ; les choses du cœur ne souffrent pas les longs discours.

En donnant le nom de *Pyrénéennes* à ces poésies, dont quelques-unes seulement se rattachent aux Pyrénées par le sujet et l'inspiration immédiate, mais dont toutes sont écloses dans le vallon natal, l'auteur — a-t-il besoin de le dire? — n'a obéi qu'à un sentiment pieux, filial en quelque sorte. Né au pied de ces majestueux rochers qui portent à leur sommet les neiges éternelles, bercé depuis son enfance au bruit de la cascade et au murmure des sapins antiques, enraciné, — il l'a dit ailleurs, — comme le chêne au granit, à cette grande et bonne patrie de la montagne, c'est là, dans cette nature toujours belle et toujours jeune, qu'il a rêvé, chanté, souffert; c'est là, qu'au sein d'amitiés fidèles, il oublie et il espère.

Ce titre n'est donc qu'une dédicace, tendre et pur hommage inspiré par le cœur. Puisse-t-elle être acceptée comme elle est offerte! Puissent ces monts, tant de fois gravis et parcourus, rendre au poète un peu de cet amour constant et désintéressé par lui voué aux forêts qui les ombragent, aux lacs qui les réfléchissent, aux pâtres qui les habitent, à ce qui reste et à ce qui passe! Puisse le doux écho de la vallée se souvenir de son nom et de ses chants!

Janvier 1856.

PRÉLUDE.

—

Tentanda via est.

Les uns disent : « Un ciel paisible
» Rayonne, et le soleil nous prête son flambeau;
» À l'horizon lointain nulle ombre n'est visible;
» Rions; la vie est courte, et le présent est beau. »

« Préparons-nous, » disent les autres;
» Les cieux ne restent pas long-temps doux et sereins;
» Penseurs, éveillons-nous; fraternisons, apôtres;
» Soyons debout, soldats; lutteurs, ceignons nos reins! »

Hélas! quelle voix faut-il croire?
Celle qui dit : rions et croyons à l'azur?
Ou celle qui tout bas, grave écho de l'histoire,
Murmure dans la nuit : tout tremble, et rien n'est sûr?

Et c'est, — rythmes, aux faibles ailes, —
Cette heure qui vous tente et que vous choisissez,
Pour fuir, impatients, loin des abris fidèles,
Loin de l'ombre paisible où vous fûtes bercés !

Pour vous mêler au bruit des fêtes
Où les indifférents chantent leur chant joyeux,
Ou pour être, jouets des flots et des tempêtes,
Etouffés sur la terre ou broyés dans les cieux !

Pareils à ces oiseaux que pousse
Un instinct vagabond hors des nids veloutés,
Sous mon aile, où pourtant la chaleur est bien douce,
Vous vous sentez captifs, et vous vous agitez !

Les uns, pour aller dans les seigles
Faire avec l'alouette au pâtre un gai réveil,
Les autres, pour voler sur la trace des aigles,
Des nuages obscurs au splendide soleil !

Vous, pour venir, quand la nuit tombe,
Jaser avec la brise au sein des verts rameaux ;
Vous, pour suivre le vol de la blanche colombe,
Et gémir avec elle au dessus des tombeaux ;

Vous, à travers les vals de neige,
Pour monter, haletants, aux pics mystérieux,
Et là, vous tourmenter de l'éternel que sais-je ?
Entre la terre sombre et le ciel radieux !

Vous, pour effleurer sous ses voiles,
La beauté qui soupire ou la plainte ou l'adieu ;
Vous, pour vous envoler des ombres aux étoiles,
Des problèmes de l'homme aux mystères de Dieu !

Vous, ô mes strophes courroucées,
Pour jeter dans la fête un implacable chant,
Vous, iambes vengeurs, aux rimes aiguisées,
Pour déchirer le sein et le front du méchant!

Eh bien! puisqu'ici toutes choses
Ont leurs pentes, leurs lois, leurs fins, leurs buts divers;
Puisque l'aigle s'élance aux cimes grandioses,
Les torrents à l'abîme, et les fleuves aux mers!

Comme les flots, comme les aigles,
Comme tout ce qui va sur terre ou dans les cieux,
Sans doute vous avez et vos lois et vos règles,
Ailes de la pensée, essaims mélodieux!

Allez donc où le vent vous porte,
O chants pyrénéens, grands échos, faibles voix;
Rythmes, strophes, chansons, je vous ouvre la porte,
Fuyez vers les sommets, vers les eaux, vers les bois;

Vers ce qui sourit ou se voile,
Vers l'astre qui se lève ou vers l'astre pâli;
Perdez-vous dans la brume ou montez vers l'étoile,
Soyez à la tempête, au silence, à l'oubli!

Qu'éteints et glacés dans l'espace,
Vous deviez tomber morts sur des fronts désolés,
Ou vous briser au vent de la trombe qui passe...
Tant pis, tant mieux, qu'importe? Allez, mes vers, allez!

Janvier 1856.

2

LES
PYRÉNÉENNES

LA FÉE DE GARGAS.

I.

« Venez, enfants, je veux vous conter des histoires,
» Afin que les gravant dans vos jeunes mémoires,
» Un jour, quand vos cheveux seront devenus blancs,
» Vous puissiez, vous aussi, les conter aux enfants. »

Et, suspendant ses jeux, une troupe mutine
S'approche de l'aïeul que la vieillesse incline,
Et chacun d'un effroi mystérieux saisi
Écoute en pâlissant l'histoire que voici :

> Il est dans les bois une grotte
> Où le vent des hivers sanglotte,
> Où la brise chante, l'été ;

Dans le fond une source pure
Jaillit avec un doux murmure
Du sein d'un palais enchanté ;

Palais de jaspe et d'émeraude,
Où des blancs tissus qu'elle brode,
Le soir, aux lueurs des flambeaux,
Se revêt une belle fée ;
On entend sa voix étouffée
Dans le doux murmure des eaux.

Elle est bien riche et bien puissante,
Elle est propice et bienfaisante ;
Son amour est un vrai trésor ;
Elle aime les enfants qui prient,
Les blonds enfants qui lui sourient
Dans leur sommeil aux rêves d'or.

Mais son courroux devient funeste,
Et toujours quelque signe atteste
Son passage au seuil du méchant ;
Toute joie y devient amère,
L'enfant s'y raille de sa mère,
La mère y maudit son enfant.

II.

Quand la neige blanchit la plaine,
Et que décembre nous ramène
Les saintes fêtes de Noël ;
A l'heure où la nuit est sans voiles,

Au milieu de sa cour d'étoiles
Quand la lune est reine du ciel;

Nouant sa flottante pelisse,
Sur un rayon d'or elle glisse
Ou sur la pente d'un ruisseau;
Furtive, elle vient et dépose
Au seuil qu'elle aime l'enfant rose,
Épanoui dans son berceau.

Dans la famille qu'elle dote,
Dont l'enfant rose devient l'hôte,
Tout sourit de félicité;
La génisse devient féconde,
Et couvert d'une moisson blonde,
Le champ jaunit avant l'été.

Cependant, promise à la grêle,
Une moisson chétive et frêle,
Triste, s'élève au champ voisin;
Jamais des blés courbant la tige,
L'alouette autour ne voltige
Pour y faire un joyeux larcin!

Et comme la moisson fanée,
La jeune fille dans l'année
D'un mal sans nom tremble et pâlit;
Son front penche et se décolore,
Et quand vient sa dernière aurore,
La mort seule est près de son lit!

Et voyant, à travers la neige,
Se hâter un morne cortège

Vers le champ du repos glacé,
Sans pleurer sur la vierge morte,
Chacun dit tout bas : à sa porte
Un enfant noir fut déposé.

Et les blonds auditeurs, pleins d'angoisses muettes,
Dans leurs petites mains cachaient leurs jeunes têtes ;
Et l'aïeul, qui voyait le groupe frissonnant
Pâlir à ses récits, leur dit en souriant :

« Priez, enfants, la blanche fée
» Qui mêle sa voix étouffée
» Au vague murmure de l'eau ;
» Priez-la pour qu'elle dépose
» Toujours sur vos seuils l'enfant rose
» Epanoui dans son berceau. »

Et les enfants priaient avec leur voix naïve,
Priaient avec l'ardeur d'une croyance vive ;
Longue fut cette fois la prière du soir.......
On croit encor dans nos chaumières
A tout ce que croyaient nos pères,
A l'enfant rose, à l'enfant noir !

Mai 1810.

DAPHNÉ.

I.

Sparte était son pays. Souvent sa chevelure
Avait de l'Eurotas effleuré l'onde pure.
Un jour qu'à demi nue, écartant les roseaux,
De son blanc pied mutin elle agaçait les eaux,
Le proconsul la vit..... Et comme fascinée,
Fuyant le toit natal et le chaste hyménée,
La vierge le suivit; mais son voile de Cos
Se rabaissa devant Minerve Chalciœcos
Dont tant de fois ses mains, pour le jour des offrandes,
Avaient paré l'autel de fleurs et de guirlandes.
Au son des instruments elle quitta le port,
Joyeuse: cependant sa mère sur le bord
Tordait ses vieilles mains. — La trirème dorée
Sur les flots aplanis l'emporta vers Caprée,
Où Tibère fuyant Rome, n'avait pas fui
Le spectre aux doigts glacés, l'inexorable ennui !
Tranquille, elle parut devant l'affreux fantôme
Où l'œil cherchait en vain ce qui restait de l'homme ;
Mais tout bas dans son cœur Daphné priait les Dieux !

Type presque idéal, superbe et gracieux !
On eût dit à la voir se dresser douce et fière,

Sous le casque d'acier cette Vénus guerrière,
Qu'invoquèrent, joyeux, les sublimes soldats
Qui partaient pour mourir avec Léonidas !
Sans briser de son corps l'harmonieuse ligne,
Son cou svelte ondulait comme le cou d'un cygne;
A ses tempes naissant de beaux filets d'azur,
Comme un marbre, veinaient son front placide et pur.
Le sculpteur amoureux de la forme divine,
Qui la cherche partout et souvent la devine,
De ses bras échappés des voiles aux longs plis
Eût envié les chairs et les contours polis,
Envié, sous le lin qui le tient et le presse,
De son sein virginal la courbe enchanteresse !

Oh ! toutes ces beautés au monstre agonisant
Qui n'a plus qu'un plaisir, lécher, lécher du sang !
A ce vieillard infect, exténué, qui tombe,
Tant de fleurs à cueillir sur les bords de la tombe !
Oh ! pourquoi, jeune fille, au printemps de tes jours,
Quitter ton beau pays et tes belles amours,
Et venir te livrer à ces baisers infâmes
Qui brûlent la pudeur au visage des femmes,
Et que tu dois porter comme un sanglant affront,
Comme un cancer honteux, comme un stygmate au front,
Dans le monde, partout méprisée et raillée !
De la lèpre du tigre ô colombe souillée,
Quand tu n'auras plus rien que tu puisses ternir,
Anéantie au fond d'un hideux souvenir,
Toi-même, comme autant de songes effroyables,
Tu te rappelleras ces nuits inconcevables,
Ces nuits de vin, de sang, d'orgie et de fureurs,
Où le sein inondé de brûlantes sueurs,

Lasse, tu l'endormais, sous la fange vautrée,
Dans cet antre de mort que l'on nomme Caprée!

II.

L'aube brillait aux cieux; de myrtes couronné
César loin de la foule avait conduit Daphné;
Dans le triclinium les lampes défaillantes
Ne laissant échapper que des lueurs tremblantes,
Enluminaient des fronts aux livides pâleurs;
L'orgie avait flétri les femmes et les fleurs,
Et les regards éteints et les faces blêmies
Racontaient sans pitié cette nuit d'infâmies,
Cette nuit où César, dans son nouveau séjour,
Dans la boue et le sang inaugura l'amour!
Epouvantable nuit de bien d'autres suivie!
Ces grands dissipateurs des bienfaits de la vie,
Ils semblaient tous brûlés d'une soif de plaisir
Qui s'irrite elle-même et ne peut s'assouvir!
Vainement chaque jour voit des fêtes nouvelles
Eclore avec des fleurs et des femmes plus belles,
S'emplir et se vider les grandes coupes d'or,
On les entend crier sans cesse : encor! encor!
Dans ces étranges nuits que de roses fanées,
De beaux amours flétris, de femmes profanées!
Comme ils devaient rougir ces quelques vieux Romains,
Qui se ressouvenaient des jours républicains,
En voyant les trésors, fruits des vieilles conquêtes,
Rouler au gouffre impur de ces horribles fêtes,
Et le vieil empereur, le front bas, l'œil éteint,

Fouler d'un pied sanglant les débris du festin !
Mais les Dieux se lassaient de tant de saturnales ;
Un matin, contemplant des fronts couchés et pâles,
César, poussant du pied un noble sénateur,
Qui s'étant ruiné, s'était fait délateur,
S'écria tout joyeux, en éclatant de rire :
Par Jupiter ! il dort d'un sommeil sans délire ;
Une voix répondit par Jupiter aussi :
« O César ! cette nuit tu dormiras ainsi ! »

III.

Le lendemain César n'était plus, et le monde
Respirait, libre enfin de cette étreinte immonde
Dont l'avait enlacé le monstrueux vieillard ;
Et Daphné, dont la joie allumait le regard,
S'enfuyait vers la Grèce, entraînant avec elle
Le beau Centurion, à l'ardente prunelle,
Qui pour elle tua sans trouble et sans remords ;
Et fière, elle put dire à Sparte, à ses grands morts,
Qu'elle avait su venger l'Héraclide son père
Dans Rome assassiné d'un signe de Tibère !

Juillet 1810.

PROBLÊME OU MYSTÈRE.

Celui qui se penchant sur des lèvres de femme,
Aspire des soupirs et des baisers de flamme,
Et boit le doux parfum des premières amours;
Si dans les yeux voilés de celle qui le charme,
Comme une perle humide, il voit luire une larme,
Plus amoureux s'incline en lui disant : toujours !

Qui de nous, qui de nous, à la beauté crédule,
Quand s'efface le jour, quand meurent tous les bruits,
A cette heure de paix, où le ruisseau module
Sa plainte harmonieuse à la brise des nuits,
Assis sur le gazon, à l'ombre des collines,
Qui de nous n'a chanté, sur des notes divines,
L'amour, écho sacré d'un luth mystérieux,
Soupir universel de la terre et des cieux !

Qui de nous, quand l'éther dans les plis de ses voiles,
Noue, en les cadençant, ses chœurs brillants d'étoiles,
N'a juré, l'œil de flamme ou de larmes noyé,
A quelque objet charmant heureux de les entendre,
Ces serments où le cœur met sa voix la plus tendre,
        Qui de nous n'a pas oublié?

Demandez, demandez aux pauvres délaissées,
Colombes, qui s'en vont, traînant l'aile, blessées,

Ce que vaut le serment d'un éternel amour :
Inclinant un front pâle où, pensive, la grâce
Brille encore à travers le voile qui l'efface,
    Toutes vous le diront : un jour!

Mortels, dont l'existence hélas! est si fragile,
N'allons pas exhaler une plainte inutile,
Quand le sort à l'amour, que nous entrevoyons,
Donne si peu d'espace et si peu de rayons;
Résignons-nous. Il est dans la grande nature
Un amant éternel qui sans cesse murmure
Un immense soupir dans sa voix de géant;
Souple et mélodieux comme un enfant qui flatte,
Ou bruyant comme un ciel où la tempête éclate,
    Cet amoureux est l'Océan !

    Terrible amant plein de mystère,
    Qui se roule silencieux,
    Ou se dresse, dans sa colère,
    Comme un titan contre les cieux !
    Le doux regard qui le fascine,
    C'est la lune, vierge divine,
    Qui se mire et tremble dans l'eau;
    L'œil bleu de sa face lointaine
    Le trouble, l'attire et l'enchaîne,
    Comme un serpent fait d'un oiseau !

    Oh! quand il voit la pâle reine
    Dont le doux charme l'a séduit,
    Se détacher, blanche et sereine,
    Du voile embaumé de la nuit,
    Déroulant ses vagues joyeuses

Qui palpitent harmonieuses,
Il lui fait un vaste miroir,
Où, jetant un coup d'œil timide,
Phœbé, dans le cristal humide,
Luit et s'étonne de se voir.

Sous ce pâle regard qui tombe,
Rayon glacé dans le ciel bleu,
Il gémit comme la colombe,
Lui l'éternel fléau de Dieu!
Il chante, il cadence, il soupire
De longs accords comme une lyre
Qu'effleure un souffle de la nuit;
Heureux de bercer dans son onde
L'image de la beauté blonde,
Dont l'amour sans cesse le fuit!

Mais quand la tempête ou la brume
Lui cachent sa beauté qui dort,
Il roule ses flots blancs d'écume
Comme de grands linceuls de mort;
Du fond de ses rauques entrailles,
Tels que des chants de funérailles,
De longs bruits montent dans les airs;
Et l'antique Dieu des tempêtes
Se hérisse d'immenses crêtes,
Comme un lion hurlant des mers!

Ainsi que paille ou feuille morte,
Il enlève les grands vaisseaux;
Aveugle et sourd, il les emporte
Dans le sombre roulis des eaux;

Et comme d'immenses trophées
Où les clameurs sont étouffées,
Il les promène, triomphant ;
Puis d'un bond les lance au rivage
Sur les pointes d'un roc sauvage,
Où mugit le flot étouffant !

Amant terrible, amour immense,
Toujours constant, toujours nouveau,
Furieux comme la démence,
Humble et soumis comme l'agneau !
Oh ! si plaintif dans ses prières,
Si menaçant dans ses colères,
Comment n'a-t-il pas su fléchir
La beauté dont il suit la route,
Qui depuis six mille ans l'écoute,
Hélas ! sans pleurer ni gémir !

Elle n'a donc qu'un visage de femme,
Froid et glacé, sous son masque éternel ;
Elle n'a pas le feu divin de l'âme,
Qui luit dans l'œil, comme un rayon du ciel,
Cette Phœbé, que nous rêvons si belle,
Reine d'amour sous un voile embaumé ;
Je la maudis cette triste immortelle
Qui nous sourit et n'a jamais aimé !

Ils t'ont fait, ils t'ont fait une splendide histoire,
Un passé tout rempli de charmantes amours,
Ces fous divins qu'il faut admirer sans les croire,
Et qui mentaient alors comme ils mentent toujours !
Non, tu n'aimas jamais, nocturne chasseresse,

Que tes beaux lévriers qui hurlent de tendresse,
Quand dans l'ombre des nuits reconnaissant ta voix,
Ils te suivent, joyeux, dans tes courses des bois.
O lune dans le ciel, Diane sur la terre,
Fantôme de beauté qui passes solitaire,
Depuis l'heure, où pensif, le bel Endymion
Un soir, penché sur l'eau, s'éprit de ton rayon,
Jusqu'à cette nuit morne où ma pitié te jette
Ces vers désenchantés de ta splendeur muette,
Sur les ailes du vent, bien des chants et des vœux
Ont monté jusqu'à toi, pâle vierge aux yeux bleus !
Ton blanc spectre glissant dans les nuits étoilées,
En a bien vu passer de ces ombres voilées,
Qui s'en vont à pas lents au pied du vert coteau,
Où ton front virginal se réfléchit dans l'eau,
Pleurer, rêver, attendre, espérer ; et les brises
T'ont apporté les chants de bien d'âmes éprises,
Colombes qui jasant dans le nid des amours,
Ne trouvent qu'un seul mot, et le même toujours !
Et ce mot délirant, mystérieux, suprême,
Qui seul est une langue, un monde, et dit : Je t'aime !
Ce mot universel, noyé dans un soupir,
Tu l'entends, tu l'entends, sans pleurer ni gémir !
L'Océan, cette voix de la sombre nature,
Dans ses flots caverneux sans cesse le murmure,
Soit que dans le ciel pur des radieuses nuits,
Chanteur mélancolique, il étouffe ses bruits,
Soit qu'échappant d'un bond à la main qui l'arrête,
Terrible, il se déchaîne au sein de la tempête !
Et le soleil, ce dieu qui sur ton front aimé,
Verse les doux rayons de son œil enflammé,
Le soleil, qui te fait ta lumineuse route,

Globe vivant, t'adore et te chante sans doute,
En passant près de toi, quand décline le jour,
Le magnifique aveu de son immense amour !
Mais toi, froide beauté, morte dans ton nuage,
Tu n'as jamais compris ce splendide langage ;
Depuis l'heure où perçant des nuits le voile obscur,
Tu vins t'épanouir, blanche, au sein de l'azur,
Dans le morne lointain de ta sphère glacée
Où rien n'éveille en toi la vie et la pensée,
Entre tes deux amants du jour et de la nuit,
Dont l'un a tant d'éclat, et l'autre tant de bruit,
Tu passes dans l'Ether, ô lune solitaire ;
Le savant dit : PROBLÈME, et le rêveur, MYSTÈRE.

Septembre 1840.

LA RUCHE.

Avez-vous entendu vers midi, quelquefois,
Quand le feuillage dort sur la cime des bois,
Quand, sous l'ardent soleil qui pleut et qui ruisselle,
Comme un lac embrasé la campagne étincelle,
Quand le vallon muet n'a pas un chant d'oiseau,
L'air un vague soupir, l'herbe une goutte d'eau,
A l'heure où la génisse, au sein des pâturages,
Frémissante, s'irrite et court vers les ombrages,
Tandis que le berger sur le gazon s'étend,
Immobile, à côté de son chien haletant,
Et semble demander à la source profonde
Où donc est le murmure et la fraîcheur de l'onde;
Dans un de ces beaux jours que nous donne l'été,
Sereins, éblouissants de vie et de clarté,
Avez-vous entendu, sous l'ombre d'un vieux chêne,
Un essaim revenant de la forêt prochaine
S'agiter dans la ruche, où toutes à la fois,
Ardentes, et mêlant leurs ailes et leurs voix,
S'excitent au travail les filles de l'aurore;
C'est un bourdonnement pressé, confus, sonore.

Eh bien! à l'heure calme où dans l'ombre, sans bruit,
L'étoile, fleur du ciel, brille et s'épanouit,

Et sous le dôme bleu de la nuit solennelle,
Allume le rayon de sa lampe éternelle
Pour le barde qui jette un chant mystérieux
A tous les chœurs divins qui passent dans les cieux ;
Eh bien ! je vous le dis à vous dont les oreilles
Entendent bourdonner une cité d'abeilles,
Vous entendriez un bruit plus pressé, plus confus,
Si vous pouviez sonder, en ses rêves touffus,
Dans ses veilles de flamme et d'extase inondées,
La tête du penseur, cette ruche d'idées !

                              Juin 1841.

DONA CARMEN.

« Carmen, ma brune enchanteresse,
» Quand sous la mante qui te presse
» Murmure la brise du soir;
» Dans ta beauté calme et sereine,
» Quand tu souris comme une reine,
» A ton petit épagneul noir;

» Dans le golfe bleu de Valence,
» Où le navire se balance
» Aux derniers rayons du soleil,
» Quand tu suis les flots sur les grèves;
» Quand tu soupires, quand tu rêves,
» Plus belle encor dans le sommeil;

» Et vers le soir, quand, à l'église,
» Dans l'ombre où tout s'idéalise,
» Carmen, tu fixes tour à tour
» Et le Christ pâle et la madone,
» Priant Dieu qu'il te pardonne
» Hélas! peut-être un double amour!

» Tu ris... est-ce donc bien étrange?
» Carmen, je suis jaloux, mon ange,
» Jaloux de la brise des soirs,
» Qui toute pleine de caresses,

» S'en vient jouer avec les tresses
» De tes splendides cheveux noirs ;

» Jaloux de l'épagneul agile,
» Du flot transparent et mobile,
» Des songes errants de tes nuits,
» Du Christ, de la Vierge immortelle,
» De toi surtout, de toi si belle !
» Carmen, démon charmant, je suis.....

» Oh ! bien malheureux sur mon âme,
» Moi vieillard, d'aimer une femme !
» Carlos ! le cavalier fringant !
» Je veux savoir si son épée,
» Carmen, est aussi bien trempée
» Que son sourire est arrogant ! »

« Le ciel à tes vœux est propice,
» Viens, approche, et fais-toi justice, »
Dit Carlos debout sur le seuil.
Et le vieillard : « Attends, infâme,
» Attends, il faut que cette femme
» T'ouvre le chemin du cercueil. »

Mais l'amoureux, d'un bond rapide,
Sur le fer s'élance, intrépide ;
La dague dans ses mains reluit ;
Il frappe, et le vieillard chancelle ;
Il frappe encor... le sang ruisselle...
Dona Carmen s'évanouit.

Six mois après, un soir de lune,
Belle sous la mantille brune,

Dona Carmen de Matanza
S'égarait sous les verts ombrages ,
Où loin du bruit et des orages ,
Se repose Vallombrosa.

Sa démarche était un peu lente,
Elle s'appuyait, indolente,
Au bras d'un jeune cavalier ,
Qui l'attirant au pied des saules
Lui chantait ces douces paroles
Que le cœur ne peut oublier !

Couple charmant à faire envie ,
Heureux, ne prenant de la vie
Que les rayons et les beaux jours ,
Et prolongeant dans le mystère ,
Sur un coin béni de la terre ,
Le rêve enchanté des amours !

Dans les beffrois quand minuit sonne,
A l'heure où toute chair frissonne,
Tous deux s'endorment sans remords ,
Sans crainte qu'une voix leur jette ,
Lugubre, au retour d'une fête ,
La plainte éternelle des morts !

Mais quand beauté, plaisir, tendresse ,
Fuiront avec leur folle ivresse ,
Quand ils seront tristes et vieux ;
A genoux déplorant sa faute ,
Dona Carmen sera dévote ,
Et Don Carlos ambitieux !

                              Juillet 1811.

MAGNA PARENS.

La nature calme et douce
A des sourires charmants ;
Si beau le rayon s'émousse
Sur les verts tapis de mousse,
A l'ombre des bois dormants !

L'étoile sereine et blonde
Qui nage au sein de l'azur,
Et qui peut-être est un monde,
Pour l'âme comme pour l'onde,
Seigneur ! a le front si pur !

Tandis que l'ombre est encore
Dans les champs pleins de sommeil,
Si fraîche la jeune aurore
Au sommet qu'elle colore
Vient annoncer le réveil !

Plantes et fleurs embaumées
Qui tremblent au vent des nuits,
Neiges sur les monts semées,
Nuages, douces fumées,
Parfums, lumières et bruits !

Lune pleine de mystère,
Soleil plein de majesté,
Tout s'épanche sur la terre,
Cette oasis solitaire,
Belle d'ombre ou de clarté !

Tout est serein ; la nature
Donne l'enfant au berceau ;
A la plaine la verdure,
Au doux ruisseau le murmure,
Et la chanson à l'oiseau.

Elle dit, quand l'arbre penche,
Au printemps heureux et beau :
Mets un nid sur cette branche ;
Elle dit à la fleur blanche :
Viens fleurir sur ce tombeau !

Dans la tempête ou la brume
Toujours quelque chose luit,
Un alcyon dans l'écume,
Et doux flambeau qui s'allume,
Une étoile dans la nuit !

Nature ! chacun t'adore
Selon son rêve ou sa foi ;
Le pauvre qui voit éclore
Les fruits que le soleil dore,
Te dit : mère, soutiens-moi !

Que l'heure soit belle ou sombre,
Le poète, front serein,
Noyé de lumière ou d'ombre,

Ecoute les voix sans nombre
Qui murmurent dans ton sein ;

Le vieux savant qui mesure
Ou l'abîme ou la hauteur,
Penché sur l'énigme obscure,
T'implore, ô grande nature,
Pour un mot révélateur !

Mais toi, paisible et profonde,
Tu fais les jours et les nuits ;
Tu dis à la foudre : gronde !
Tu dis au soleil : féconde !
A la matière : produis !

Tu dis au penseur morose :
« Mortel, respecte mes lois ;
» Je fais la perle et la rose,
» Les nids charmants que dépose
» Le printemps au fond des bois ;

» Je mets l'aigle et sa compagne
» Dans l'azur plein de sillons,
» Le chêne sur la montagne,
» Les moissons dans la campagne,
» Les sources dans les vallons ;

» Pour mes heures de colère
» J'ai de terribles fléaux ;
» Les laves dans le cratère,
» Dans l'orage le tonnerre,
» Et la trombe sur les eaux ;

» J'ai les vents et les tempêtes
» Qui frémissent à mes pieds ;
» Je les lance sur vos têtes ,
» Et, frêles mortels, vous êtes
» Comme des roseaux ployés.

» En vain aux heures propices
» Vous fondez sur le granit ;
» Dans les sombres précipices
» J'emporte vos édifices,
» Comme l'ouragan un nid !

» Parfois, dans le ciel tranquille
» Quand le soleil a pâli ,
» J'étouffe en bloc une ville ,
» Et je la couvre, immobile,
» De cendre morte et d'oubli !

» D'un souffle j'éteins un monde
» Dans les plaines de l'azur ;
» Le ciel en soleils abonde ;
» La nuit n'est pas plus profonde,
» Ni l'Océan plus obscur !

» Pour un astre qui s'efface
» Aux célestes régions,
» Des milliers peuplent l'espace,
» Où tout vent de Dieu qui passe
» Fait éclore des rayons !

» En vain l'espoir vous consume,
» O tristes ambitieux !
» Dans le soleil ou la brume,

» Qu'un astre meure ou s'allume,
» Toujours l'ombre sur vos yeux !

» Toujours dans l'esprit qui gronde
» Un doute morne et jaloux ;
» Toujours l'énigme profonde,
» Et jamais rien qui réponde
» A ceux qui sont à genoux !

» Toujours l'oiseau sur la branche,
» La lune dans le ciel bleu ;
» Toujours la mer sombre ou blanche,
» Toujours un œil qui se penche
» Sur les mystères de Dieu !

» Savants dont le front s'incline,
» Quand tout meurt, lumière et bruits,
» Poètes sur la colline,
» Qui cherchez la fleur divine
» Aux rayons des belles nuits ;

» Vous, pour mesurer sa route,
» Suivant l'astre dans les cieux,
» Et vous, perdus dans le doute,
» Demandant à cette voûte
» Une clarté pour vos yeux ;

» Pensez du soir à l'aurore,
» Ajoutez les nuits aux jours ;
» A ce but que l'homme ignore,
» Rêvez, et rêvez encore,
» Aujourd'hui, demain, toujours !

» Creusez l'idée ou le nombre,
» Pour vous hélas! rien n'est beau;
» C'est que tout penche vers l'ombre,
» Le fleuve vers la mer sombre,
» Et l'homme vers le tombeau!

» Le tombeau! chose profonde,
» Problème en vain débattu!
» La sagesse dit : je sonde!
» La foi dit : un autre monde!
» Mortel, réponds : que sais-tu? »

Août 1811.

UN SOUVENIR DE VIRGILE.

De ces jours, où l'enfance innocente et vermeille
Va butinant partout comme une jeune abeille,
Prenant, les yeux dorés d'une lueur du ciel,
A tout front le sourire, à toute fleur son miel,
De ces jours pleins d'espoir où toutes nos pensées
Sur un rythme divin s'envolent cadencées,
Où le cœur ignorant le bien comme le mal
Est tout illuminé du rayon virginal,
Du frais enchantement de cette aube céleste,
Vous le savez, amis, peu de chose me reste;
Et ce cœur tout brûlé du feu des passions,
Plein de souffrance intime, et sans illusions,
Urne d'où s'épanchaient l'extase et la prière,
N'a gardé que l'amour des champs et du mystère,
Et la pitié qui va de la mère à l'enfant,
Ces deux frêles roseaux qui tremblent à tout vent.
C'est tout : je n'ai sauvé de l'onde et du naufrage
Que ces faibles débris : le reste est à l'orage;
Au doute, cet abîme; à l'oubli, ce linceul!
Pourtant, triste ou pensif, quand je médite seul,
Comme un savant qui lit sur des pierres usées
Des lettres d'autrefois par le temps effacées,
Je retrouve souvent de jeunes souvenirs

Qui me tirent de l'âme un chant plein de soupirs.
Tantôt c'est un doux rêve, une de ces chimères,
Qu'ébauchent les enfants, que finissent les mères,
Un de ces beaux projets, où l'avenir lointain,
Brillant, épanoui sous les feux du matin,
Éblouit nos regards, et de loin nous attire,
Ici par un éclair, et là par un sourire!
C'est encor du bonheur ; surtout, le soir venu,
Quand dirigeant mes pas vers le sentier connu,
Je découvre soudain, dans un repli de l'âme,
Frais, souriant, doré de lumière ou de flamme,
Un de ces vers heureux, un de ces vers charmants,
Que Virgile trouvait au fond des bois dormants,
Aux bords du Mincio, prêtant l'oreille aux brises
Qui viennent murmurer, la nuit, dans les cytises.
Mais de ces vers trempés de rayons ou de pleurs,
Que le maître divin semait comme des fleurs
Dans le cadre paisible, où blondes et pudiques,
Se posent, en jouant, ses tendres bucoliques,
De ces nombres formés des bruits mystérieux
Qui meurent sur la terre et qui viennent des cieux,
Non, quoique tous empreints de jeunesse et de grâce,
Aucun en moi ne garde une plus douce trace
Que le touchant adieu que jette un vieux berger
A ses belles moissons, à son riche verger,
En voyant ses doux champs, frais vallons, vertes cimes,
Payer aux légions un arriéré de crimes !

J'étais, il m'en souvient, un joyeux écolier,
Espiègle, insouciant, craignant peu d'oublier,
Et me disant toujours dans ma grave sagesse,
A quoi bon la science? à quoi bon la tristesse?

J'étais un franc espiègle, ai-je dit. Or, un soir,
Que sans souci du maître et du cachot si noir,
Ma plume allait courant, Dieu sait de quelle allure !
De la phrase d'ailleurs renversant la structure,
Et, s'inquiétant peu, vous le devinez bien,
De quelques contresens, une vétille, un rien,
Ce soir là, dis-je, un vers que je compris sans doute,
Vint me frapper au cœur. Je poursuivis ma route,
Tournant et retournant d'un esprit curieux
L'hexamètre où chantait un rythme gracieux,
Un soupir, une voix harmonieuse et pure,
Qui semblait un écho d'un bruit de la nature.
Ardent, je travaillai ; si bien, qu'après minuit,
J'étais encor penché sur le livre, et sans bruit
Je froissais les feuillets du lourd dictionnaire,
Cherchant à me glisser dans le frais sanctuaire,
Où le sens entrevu se cachait sous les mots,
Comme un nid de fauvette entre les verts rameaux.
Je réussis enfin, et grande fut la joie !
L'enfant avait son nid, l'esprit avait sa proie.
Et quand un pur sommeil vint tomber sur mes yeux,
Je rêvai, tout ému de chants mélodieux ;
Et je vis devant moi, sur les ailes des songes,
Passer et repasser, chastes et doux mensonges,
Ces bergers que Virgile avait mis dans les bois
Pour leur donner son cœur, et son âme et sa voix !
Dès lors, — admirez donc, — tel qu'un oiseau dont l'aile
Des arbres caressés par la brise fidèle,
Tantôt vient effleurer les ombrages nouveaux,
Tantôt rase en passant la surface des eaux ;
Ainsi je m'envolai, sur les pas de Virgile,
Vers les champs embaumés, dont le charme tranquille

Dans des rêves sans fin berçait mon jeune esprit ;
Car dans les champs heureux tout brille et tout sourit.
Et là, quand le soleil, au bout de sa carrière,
A l'occident baigné de sa chaude lumière,
Empourprait le nuage échoué dans les cieux,
Sous les arbres dorés d'un jour plus radieux,
Je formais, blond rêveur, de charmants dialogues
Avec mon cœur d'enfant et des lambeaux d'églogues.
J'avais là, sous les yeux, les sites enchanteurs
Où le maître divin menait ses beaux pasteurs,
Et je disais, pensif, à quelque Mélibée :
« Des montagnes déjà, comme un voile tombée,
» La nuit sombre descend sur les mornes vallons ;
» Les toits fument au loin ; presse tes pas, allons !
» Je t'offre du lait pur, et non loin de la crèche,
» A mes côtés, un lit de foin ou d'herbe fraîche,
» Où le sommeil, ce Dieu qui se plaît dans les champs,
» Versera des pavots, et la muse des chants. »

Ainsi, loin des cités, sous la calme verdure,
Recueillant les soupirs de la grande nature,
Selon l'heure, j'allais triste, joyeux, rêvant ;
Je recueille aujourd'hui ce qu'a semé l'enfant ;
Virgile, qui parlait à mon âme inquiète,
M'a fait aimer les champs ; les champs m'ont fait poète.

Janvier 1812.

BLANCHE.

Vous la voyez là-bas, ombre triste et voilée;
Dans un coin, loin du bruit de la fête étoilée,
Elle songe au passé; son cœur n'est pas ici;
Ce long regard humide et ce triste sourire
Ils lui viennent de l'âme, et tous deux semblent dire :
« Vous l'avez oublié, moi je fus belle aussi. »

Je l'ai connue hélas! belle, heureuse, adorée!
Dans les jours rayonnants de la saison dorée
Comme elle nous tenait sous son charme vainqueur!
Son œil était si pur! et ses lèvres mi-closes
Laissaient tomber ces mots pleins de charmantes choses,
Qui traversent l'esprit et s'arrêtent au cœur!

Oh! comme la beauté se dissipe et se fane!
Jadis on aurait dit une vierge d'Albane,
Une grâce qu'entoure un prestige charmant,
Venant, fille du rêve et de la fantaisie,
Secouer dans le bal sa jeune poésie,
Et mettre en nous l'extase et le ravissement!

Ainsi dans ses beaux jours, joyeuse à faire envie,
Ne sachant rien hélas! des piéges de la vie,
Partout elle épanchait sa divine candeur;

Humble et soumis, l'amour lui portait un hommage ;
Mon souvenir fidèle a gardé son image,
Et cette femme encor est belle dans mon cœur !

Pauvre reine déchue, amour du seul poète,
Elle était là pensive et s'inclinait muette,
L'œil empli de tristesse et le cœur agité ;
Je m'approchai, troublant sa longue rêverie,
De cette pâle femme avant l'heure flétrie,
D'où s'exhalait encore un parfum de beauté !

« Asseyez-vous. Tandis que la fête étincelle,
» Que le bal rit au loin, nous causerons, dit-elle,
» Et nous serons bien seuls ; vous le voyez, ami ;
» Pauvre reine d'un jour j'ai perdu ma couronne ;
» Quand la beauté s'en va l'amour nous abandonne,
» Et le monde n'est pas oublieux à demi !

» C'est le destin peut-être, hélas ! c'est le martyre.
» Encor, si nous faisant l'aumône d'un sourire,
» L'homme éprouvait pour nous, à qui rien n'est resté,
» Cette pitié sans nom, mélancolique et douce,
» Qui des murs écroulés vient soulever la mousse,
» Qui rend au Parthénon son charme et sa beauté :

» S'il nous disait à nous, les pauvres délaissées,
» Ce que le voyageur aux colonnes brisées,
» Immobile et pensif, la nuit, murmure en vain :
» Si pénétré pour nous d'une sainte tendresse,
» Son cœur nous refaisait comme une autre jeunesse
» Avec le souvenir, ce mirage divin !

» S'il savait respecter la tristesse infinie,

» S'il ne décochait pas l'insulte et l'ironie,
» Ces deux flèches de Parthe, à des femmes en pleurs,
» Et si répudiant une loi trop sévère,
» Lâche, il ne faisait pas de l'autel un calvaire,
» A celles qui marchaient par des chemins de fleurs!

» Alors, alors du moins, veuves de tous nos charmes,
» Nous aurions la douceur des regrets et des larmes ;
» Aux bords des lacs dormants, sous des cieux étoilés,
» Nous pourrions, le cœur plein de vagues rêveries,
» Doucement évoquer des images chéries,
» Nos lointains souvenirs gémissants et voilés ;

» Ramassant les débris de ces fragiles roses,
» Qu'on nous jetait à nous, beautés à peine écloses,
» Nous pourrions aspirer leurs dernières senteurs,
» Et sourire en songeant aux heures fortunées,
» Où riches du trésor de nos belles années,
» Nous rêvions à l'amour qui germait dans nos cœurs. »

Elle ne parlait plus, moi j'écoutais encore.
Comme elle déjà loin de ma riante aurore,
J'avais laissé tomber mes songes en chemin ;
Je pensais tristement à nos deux destinées,
Aux intimes douleurs que j'avais devinées,
Et je lui dis tout bas en lui prenant la main :

« L'homme n'est pas méchant ; mais il souffre. Toute âme,
» — Retenez bien ces mots, ô pauvre cœur de femme, —
» Cache dans ses replis la crainte ou les regrets ;
» Nous sommes là, jouets d'une vie inquiète,
» Frissonnants et penchés comme l'arbre qui jette
» Ses fleurs sur le chemin, et ses feuilles après.

» Nous trouvons la torture où nous rêvions la joie

» Tout homme est par le sort livré comme une proie

» A la douleur avide, aux ongles de vautour

» Et comme une eau qui suinte à travers les fissures,

» Notre âme se répand par les mille blessures

» Que nous font à la fois et la haine et l'amour.

» Nul ne peut échapper à cette loi sévère,

» Ni le grave penseur que la foule révère,

» Ni l'enfant qui sourit, joyeux, dans son berceau;

» Et ces reines du bal, ces belles jeunes filles

» Qui fascinent les yeux dans les riants quadrilles,

» Elles auront leur tour : leur sceptre est un roseau!

» Mais la fête languit, et la walse enivrante

» Déja n'emporte plus, penchée et délirante,

» La vierge suspendue au bras de son amant;

» Et telles que des fleurs attendant les rosées,

» Les femmes de plaisir et de joie épuisées,

» Implorent le sommeil et le rêve calmant.

» Adieu, l'heure nous presse; une autre fois, madame,

» Je vous découvrirai les secrets de mon âme,

» Les tristes souvenirs dont je suis tourmenté;

» Et nous querellerons le temps, vieillard morose,

» Qui prend son charme à tout, le parfum à la rose,

» Aux cœurs l'illusion, aux femmes la beauté! »

Février 1842.

ALBERT BRUNO.

Quand la nuit descendait sur la colline brune,
Au pied d'un mur penché, sous un rayon de lune,
    Sombre, il venait s'asseoir;
Ses mains voilaient ses yeux, et la brise d'automne
Lui portait dans un chant plaintif et monotone
    Les derniers bruits du soir.

Les arceaux ruinés où les tiges de lierre
S'enlaçaient en festons autour de chaque pierre,
    Le rendaient presqu'heureux;
Et le funèbre écho, sous les voûtes croulantes,
Promenait en soupirs, comme des notes lentes,
    Ses accents douloureux.

C'était là qu'évoquant de confuses images,
De sa vie effeuillée au souffle des orages,
    — Beau songe évanoui, —
Il réveillait encor, sous les hautes collines,
Ces groupes qui passaient jadis, formes divines,
    Sous son œil ébloui.

Fuyant la foule sombre, aux rumeurs éternelles,
Ses oscillations à toute loi rebelles,
    Sa haine ou sa pitié,

C'était là qu'il venait. — Et le pâtre nocturne
De cette ombre toujours morose et taciturne
   S'éloignait effrayé.

Nul bruit autour de lui ; la ruine endormie
Versait un long silence avec une ombre amie
   Dans cet austère lieu ;
Et la nuit épanchait sur sa grande souffrance,
Peut-être avec un peu d'amour et d'espérance,
   La grande paix de Dieu.

Qui nous dira le chant de tristesse infinie,
Que l'archange tombé du haut de son génie
   Râlait comme un remords ;
Et qui saura jamais quel morne dialogue
Cette vie arrivée au suprême épilogue
   Chantait avec les morts !

O muets confidents de lugubres histoires,
Vieux arceaux inclinés, pierres grises et noires,
   Qui le vîtes souvent,
Répondez-nous, vieux murs, aux colonnes brisées,
N'avez-vous rien gardé de ces tristes pensées
   Qu'il dispersait au vent ?

Oh ! je l'avais connu dans sa riche jeunesse,
En tout lieu répandant les flots de cette ivresse
   Qu'il avait dans le cœur ;
Comme un roi triomphant sur un chemin de roses,
Il montait, calme et fier, sur le sommet des choses,
   Lui, poète vainqueur !

Là, son œil contemplant les merveilles sans Nombre,

Devant l'œuvre divine, éblouissante et sombre,
     Jamais ne se voila ;
Car il voulait, perçant les lumineuses toiles,
Savoir ce que la main qui sema les étoiles
     Avait mis au delà !

Il voulait s'élancer, audacieux génie,
Sous le grand horizon de la sphère infinie,
     Vers l'éternel milieu,
Aspirant aux rayons de ces hauteurs suprêmes,
Où l'esprit éclairant nos plus vastes problêmes,
     Vient les résoudre en Dieu !

Prodigieux espoir ! ambition sans bornes !
Il tomba. Puis vaincu, des solitudes mornes
     Il rechercha le deuil,
Suivant, aveugle et sourd, cette longue vallée
Qui verse par sa pente obscure et désolée
     Tant d'âmes au cercueil,

Quel rêve et quelle chute ! hélas ! seul dans le monde,
Il maudissait la foule orageuse et profonde,
     Au ris froid et moqueur ;
Et détournant les yeux des merveilles divines,
Il venait chaque soir vous jeter, ô ruines,
     Ce chant brisé du cœur :

« Colonnes de lichen et de mousse voilées,
» Sous les tristes arceaux des voûtes écroulées,
     » Quel silence, la nuit !
» Le vent y gémit seul dans la ronce et les lierres ;
» Ces murs furent pourtant pleins de vie ; et ces pierres
     » Ont renfermé du bruit !

» Des voix ont animé ces cloîtres solitaires
» Où le deuil et l'oubli mêlent deux grands mystères,
          » Où je médite seul;
» La vie a circulé dans cette solitude,
» Où d'avance j'ai pris l'éternelle attitude
          » Des morts dans le linceul!

» Jadis, au bord des lacs, sur les monts, sur les grèves,
» Mon âme, de soupirs, de voix, de chants, de rêves,
          » S'emplissait tour à tour,
» Et se désaltérant aux sources infinies,
» Répandait à la fois toutes les harmonies
          » Dans ses hymnes d'amour.

» Où sont-ils ces trésors de la saison d'ivresse?
» Tout s'est enfui, beauté, génie, espoir, tendresse,
          » Et mon rêve a croulé;
» Et comme vous dormant sur les vertes collines,
» Je suis, hélas! je suis comme vous, ô ruines,
          » Plaintif et désolé!

» Sous le regard doré de l'étoile qui veille,
» Je m'incline en silence, et rien en moi n'éveille
          » La pensée ou l'espoir;
» Et sans souci du flot qui me pousse et m'emporte,
» Je m'abandonne au temps, comme la feuille morte,
          » Au triste vent du soir.

» Où va la feuille morte? où vont l'âme et la vie?
» Dans les songes brûlants quand notre âme est ravie,
          » Jamais nous n'y pensons;
» L'infini se déroule avec ses grandes lignes,

» Et l'œil qui s'éblouit voit éclore des signes
      » A tous les horizons.

» L'homme aspire à trouver un sens à la nature :
» Il monte, ardent esprit qui partout s'aventure,
      » La spirale sans fin,
» Pour savoir dans quel flux de lois, d'effets, de causes,
» Le principe éternel roule avec toutes choses
      » Notre aveugle destin !

» O vanité de l'homme ! orgueil ! pitié ! démence !
» Pauvre fou, j'ai sondé la profondeur immense
      » Des mystères voilés ;
» Des songes infinis je sais ce qu'il faut croire,
» Et je puis ajouter une page à l'histoire
      » Des penseurs désolés !

» Je sais quels horizons, des rayonnantes cimes,
» L'œil humain entrevoit, à travers les abîmes,
      » Dans votre éternité !
» Seigneur ! qui nous donnant le doute ou le génie,
» Nous jetez au milieu de votre œuvre infinie,
      » Dans l'ombre ou la clarté !

» Hélas ! doute ou génie, ombre ou clarté, qu'importe ?
» Dans le vide muet le rêve nous emporte,
      » Hier, aujourd'hui, demain !
» Les uns vont embrassant les longues perspectives ;
» Les autres s'arrêtant sous les saules des rives,
      » S'endorment en chemin.

» Mais tous, à quelque but que leur pensée aspire,

» Qu'ils rêvent la beauté, la science, l'empire,
    » La gloire ou les amours ;
» Qu'ils aiment les bois pleins de formes indécises,
» Et les vierges songeant, sur le gazon assises,
      » Au déclin des beaux jours ;

» Qu'ils disent, s'élançant vers l'idéal suprême,
» Au Seigneur, je t'adore! à la femme, je t'aime!
      » Verbes mystérieux !
» Qu'ils cherchent l'astre pur et les étoiles blondes,
» Envoyant aux mortels un sourire des mondes
      » Qui traversent les cieux ;

» Inutiles rêveurs, noyés d'ombre ou de flamme,
» Hélas! ils sentiront se glisser dans leur âme,
      » Sombre et rampant toujours,
» Le doute qui se prend aux plus divines choses,
» Flétrissant la jeunesse avec toutes ses roses
      » Et toutes ses amours!

» Et maintenant allez, allez, croyez encore
» A la gloire, au génie, à la vie, à l'aurore,
      » Hélas! si vite enfuis ;
» Divinisez le rêve et répandez vos âmes,
» Penseurs devant l'idée, amants aux pieds des femmes,
      » Doux anges de vos nuits ;

» Ecoutez dans le ciel la grande voix des mondes,
» Recueillez en tout lieu les semences fécondes
      » Que Dieu fit pour germer ;
» Et dites tour à tour aux femmes, aux étoiles :
» Femmes, mondes, beautés, laissez tomber vos voiles,
      » Laissez-nous vous aimer !

» Insensés ! je connais tous ces brillants mensonges ;
» Comme vous, j'ai souvent, épris des mêmes songes,
   » Chanté, prié, pleuré ;
» Et rempli maintenant d'une pensée austère,
» J'attends le dernier jour et le dernier mystère,
   » Amant désespéré ! »

Ainsi chantait Albert. Mais sa triste pensée
Expirait sans écho, dans le vent dispersée,
   Et n'allait pas au ciel ;
Car Dieu, de l'infini seul arbitre et seul maître,
Veut qu'à l'œuvre de tous chacun vienne se mettre,
   Il est avec Babel !

Avec cette Babel de tribuns, de poëtes,
Qui répand à travers nos cris et nos tempêtes
   Sa foi dans tous les cœurs ;
Et qui veut, élevant sa haute pyramide,
Y poser, comme un faîte éclatant et splendide,
   Les principes vainqueurs !

Oh ! si jetant sa vie à l'orageuse lice,
Dans les rangs fraternels de la sainte milice
   Il avait combattu ;
Si désertant le rêve et ses obscurs domaines,
Il avait proclamé dans les masses humaines
   Ce grand nom de vertu ;

S'il avait épanché, comme une ardente lave,
Sa force et son génie au sein d'un peuple esclave,
   Au sein d'un peuple mort,
Albert, morne rêveur qui se cache dans l'ombre,

Albert se mêlerait à nos luttes sans nombre,
  Eblouissant et fort.

Noble apôtre inspiré des jeunes théories,
Il verserait partout dans les âmes flétries
  L'espoir des jours meilleurs ;
Il aurait cette foi large, active, féconde,
Qu'il faut aux grands esprits qui disputent le monde
  Aux antiques erreurs ;

Tout serait grave en lui, le geste et la parole ;
Et les sacrés devoirs qu'impose un si beau rôle,
  Il les remplirait tous ;
Simple avec les enfants et bon avec les femmes,
Il aurait ces rayons qui font venir les âmes
  Au maître austère et doux.

Dédaignant le triomphe et les apothéoses,
Il se retournerait vers ces deux grandes choses,
  Justice et vérité !
Et comme un but certain promis à leur courage,
Il montrerait à tous, au fond d'un ciel d'orage,
  La calme liberté !

Albert ne voulut pas ; et cette intelligence
Qui rêvait l'infini, l'éternelle science
  Et l'éternel amour,
Dans un doute sans fond elle s'est affaissée ;
Elle n'a plus hélas ! ni rêve ni pensée,
  Crépuscule ni jour !

Pleurons-la. Dans des temps graves comme les nôtres,

Quand le frisson étreint les plus fermes apôtres,
    Quand un monde périt,
Nous devons regretter ces puissantes natures
Qui tentent au hasard les sombres aventures
    Du rêve et de l'esprit.

Albert Bruno n'est plus. Son histoire est finie.
Éteint comme poète, éteint comme génie,
    Il attend, sombre espoir !
Il attend que la mort, qu'il appelle et convie,
Lui dise ce qu'hélas ! il chercha dans la vie,
    Et qu'il n'a pu savoir !

Le vieux pâtre, couché le soir dans les bruyères,
N'aperçoit plus, le front incliné sur les pierres,
    Le funèbre rêveur ;
Et l'on dit vaguement, qu'au fond d'un cloître austère,
Il s'est réfugié, loin des bruits de la terre,
    Dans la paix du Seigneur !

N'importe ! en quelque lieu que ta douleur s'épanche,
Au pied du cyprès morne ou du vieux mur qui penche,
    Ou dans le sein de Dieu ;
Tu n'iras point là bas, où tout labeur s'achève,
Dormir sans recevoir de nous, martyr du rêve,
    Une larme d'adieu !

                            Mai 1842.

A UN ENFANT.

Enfant tout rose encor des baisers d'une mère,
Vous venez, blond rêveur, sondant un grand mystère,
En fixant sur mon front un œil tranquille et bleu,
Espiègle, me jeter ces mots : qu'est-ce que Dieu?
Eh! quoi! si beau, si pur, si jeune et si candide,
Tout baigné des rayons de votre aube splendide,
Enfant, au doux sourire, ô jeune âme sans fiel,
Qui commencez la vie et qui venez du ciel,
Vous osez effleurer, quittant vos frais domaines,
Cet écueil éternel des questions humaines,
Dieu! — priez, soupirez, rêvez, versez des pleurs,
L'énigme est dans tout homme, et le sens est ailleurs!
Pourquoi m'interroger? au front du penseur blême
Hélas! enviez-vous la ride et le problème?
Et sommes-nous si beaux, nous autres qui rêvons,
Éblouis et penchés sur nos doutes profonds,
Pour que vous qui jouez avec vos ailes blanches,
Frêle oiseau suspendu, tout joyeux, sur nos branches,
Vous désertiez soudain la mousse et le gazon,
Pour tomber dans l'abîme où rugit la raison?
N'avez-vous pas les champs où sourit la nature,
Le ciel où tout reluit, la terre où tout murmure,
Les prés, les monts, les bois, les lacs purs et dormants,

Dorés de chauds reflets et de rayonnements,
Et comme un rêve plein d'images fugitives,
L'avenir entr'ouvrant de vagues perspectives,
Brillantes visions que vous entrevoyez,
Et qui disent : enfant, vivez, aimez, croyez !
Ainsi, l'œil fasciné par de brillants mirages,
Tandis que nous marchons dans l'ombre et les orages,
Vous allez, sans souci des pierres du chemin,
Dans des groupes heureux qui vous tendent la main,
Ayant, pour vous guider dans nos sentiers de fange,
Le cœur, cette boussole, une mère, cet ange !

Août 1812.

VERS ÉCRITS UN SOIR DE NEIGE.

Vous êtes riches, et vos fêtes
S'emplissent de rayonnements ;
Vos femmes à leurs blonds poètes
Y gazouillent des mots charmants ;

Sur les arabesques de soie
Semant arabesques de fleurs,
Vous répandez partout la joie,
Les clartés, les chants, les couleurs ;

Et vos salons pleins de musique,
De bruit, d'éclat et de senteurs,
Transportent l'âme poétique
Dans le palais des enchanteurs.

Mais tandis que la walse emporte
Des couples d'anges radieux,
Riches, en bas, à votre porte,
Sur le pavé, là, sous vos yeux,

Dans l'ombre et la fange accroupie,
La misère, aux pleurs impuissants,
Mêle sa plainte au chant impie
De vos festins resplendissants !

Ils sont là, nus, glacés, l'œil morne,
Les malheureux que tord la faim,
Immobiles comme la borne,
Priant, pleurant toujours en vain!

Fronts inclinés, têtes moroses,
Qui tendent l'oreille à tout bruit;
Froids, morts, ou rêvant à ces choses
Qu'inspirent la faim et la nuit!

Douleurs poignantes et muettes
Qui se traînent sous les palais,
Et ne recueillent de vos fêtes
Que des échos et des reflets!

Oh! des rayons à ceux qui meurent,
Perdus dans cet abîme affreux!
De longs rires à ceux qui pleurent!
L'ironie à des malheureux!

Oui! parmi les choses étranges
Qui nous viennent désespérer,
C'est à faire pleurer les anges,
Si les anges pouvaient pleurer!

O riches, à l'âme inhumaine,
Pour qui tout est serein et beau,
C'est à faire germer la haine
Dans le cœur même de l'agneau!

A faire blasphémer le prêtre
Qui rêve à l'ombre du saint lieu,
Ou pense aux paroles du maître
Qui fut homme souffrant et Dieu!

Pitié donc! pitié, par vos mères,
Par Jésus mort et par la Croix,
Pour ces douleurs et ces misères,
Pour ces vieillards penchés et froids;

Pour tant de pâles jeunes filles
Dont le cœur tremble et s'engourdit,
Et qui rapportent aux familles,
Un pain de fange, un pain maudit!

Pour les enfants que l'ombre assiége
Hélas! loin de l'œil maternel,
Qui viennent dormir dans la neige,
Et se réveillent dans le ciel!

Pour tous ceux dont l'âme abattue
Entend les conseils de la faim;
Voix sombre et basse qui dit : tue!
Et se fait obéir enfin!

Pitié! riches que l'on envie,
Pour vos femmes et vos enfants,
Pitié! pitié! pour votre vie,
Riches heureux et triomphants!

Voyez en bas ces mornes têtes,
Pâles comme des visions;
Elles vous demandent des miettes,
Vous leur envoyez des rayons!

Janvier 1843.

A UN MARIN,

Vieux marin ! vieux marin ! votre nef vagabonde
Long-temps a sillonné cet abîme de l'onde
  Monstrueux et béant ;
Et souvent sur le pont, durant les longues veilles,
Vous avez contemplé ces deux grandes merveilles,
  Le ciel et l'Océan !

Bien des fois quand la mer, où l'étoile se mire,
Sur les flots endormis berçait le vieux navire
  Blessé dans les combats,
Oubliant le sommeil qui fuit avec les heures,
Vous avez écouté ces voix intérieures
  Qui nous parlent tout bas !

Sous les astres dorés d'une si douce flamme,
Là vous avez senti s'éveiller dans votre âme
  Un souvenir sacré ;
Et vos rêves d'enfant, simple et naïve histoire,
Ont passé devant vous.... le cœur a sa mémoire,
  Et vous avez pleuré !

Surtout, quand vous songiez à cette vieille mère
Qui filait sa quenouille au seuil de sa chaumière,
  En priant le bon Dieu,

Et qui redemandait à tous les capitaines
Son bel enfant parti pour des courses lointaines
    Sans laisser un adieu !

Et vous rêviez ainsi du soir jusqu'à l'aurore ;
Puis, des mâts palpitants tombait ce cri sonore :
    L'Anglais ! l'Anglais ! l'Anglais !
Et soudain secouant sa membrure de chêne,
L'héroïque trois-ponts électrisait de haine
    Et canons et boulets !

C'était un beau moment ! Débris de vingt batailles,
Les fiers marins passaient en redressant leurs tailles
    Sur le plancher mouvant ;
Partout s'amoncelaient les fusils et les piques,
Et l'immortel drapeau de nos luttes épiques
    S'indignait dans le vent !

Le chef interrogeait sa pensée intrépide ;
Et soudain son regard, comme un éclair rapide,
    Traversait tous les cœurs ;
Sa voix tonnait ; et fou, broyant tout sous la hache,
L'abordage criait, allait, faisait sa tâche.....
    Et vous étiez vainqueurs !

Mais hélas ! parmi nous toute chose a son ombre ;
Rien ne va sans douleur sur cette terre sombre ;
    Les rois ont le remords ;
L'altière ambition qui veut frayer sa route
A le souci rongeur ; le génie a le doute,
    La victoire, les morts !

Ils étaient là, sanglants. Et vous, l'âme brisée,

Vous contempliez ces fronts où vie, amour, pensée,
    Tout naguère était fort ;
Et vous qui blasphémez les paroles du prêtre,
Vous ne le dites pas, mais vous avez peut-être
    Prié devant la mort !

Puis, loin des flots troublés où saigne la victoire,
Vers d'autres horizons entraînant l'auditoire,
    Durant les nuits d'hiver,
Où l'on entend frémir une voix courroucée,
Vous contez aux pêcheurs votre longue Odyssée,
    Grande comme la mer !

Tantôt vous leur montrez, cherchant le vent des îles,
Le navire endormi sur les vagues tranquilles,
    Sous un soleil brûlant ;
Tantôt la trombe en feu qu'un vent terrible apporte,
Arrachant le grand mât comme une feuille morte
    Au vieux pont chancelant !

Peintre aux chaudes couleurs, vous leur dites encore
Tous les enivrements des climats de l'aurore,
    Les arbres embaumés,
L'équateur rayonnant et cette croix d'étoiles
Que le nocher voit luire au travers de ses voiles,
    Sous des cieux enflammés.

Puis, c'est l'abîme obscur, aux cent gueules béantes,
Qui des coups redoublés de ses vagues géantes
    Ecrase le vaisseau ;
C'est la barque fragile errant sur le flot sombre,
C'est le cri déchirant de la foule qui sombre
    Sous les montagnes d'eau !

Enfin, quand vos récits, où la merveille abonde,
De rivage en rivage ont fait le tour du monde,
  Du pied poussant le feu,
Vous dites, concluant comme ferait un sage :
Il est juste que ceux qu'a tourmentés l'orage
  Se reposent un peu.

C'est bien, reposez-vous, ô marin solitaire
Que le flot dédaigneux rend enfin à la terre,
  Et jouissez du port ;
Mais pour avoir senti passer sur votre épaule,
Durant les nuits sans fin, aux limites du pôle,
  Le frisson de la mort ;

Pour avoir sillonné d'une course pesante,
Sous un soleil de plomb, la vague languissante
  De l'ardent équateur ;
Non, non, ne pensez pas que le Seigneur attache
Aux fronts de vos pareils la plus funèbre tâche,
  O vieux navigateur !

Sachez, âme de bronze à toute peur fermée,
Qu'il est une autre mer de plus d'écueils semée,
  — C'est moi qui vous le dis, —
Une mer où jetés tremblants comme le saule,
Dans l'ombre nous allons sans lune et sans boussole,
  Effarés et maudits !

Hélas ! c'est l'infini ! l'infini, tout l'espace
Que le destin a mis entre l'homme qui passe,
  — Songez-y donc un peu, —
Et l'être universel que toute chose atteste,

Entre celui qui passe et celui qui seul reste,
     Entre la terre et Dieu!

Maintenant répondez, débris de vingt naufrages,
Capitaine brisé de vos trente voyages
     Du pôle à l'équateur,
Dites-nous quelle mer vous semble plus profonde,
L'Océan des vaisseaux ou le gouffre que sonde
     L'esprit contemplateur!

Pas de mépris hautain et pas d'amer sourire:
Car chacun a sa peine, et nul ne pourrait dire
     Qui le plus a lutté,
Ou le marin vingt fois jeté nu sur les grèves,
Ou celui qui flottant sur l'abîme des rêves,
     A vu l'éternité!

                     Mars 1843.

A LA MÉMOIRE DE CH. D...

La mort impitoyable aime les riches proies,
Il lui faut des fronts purs qu'elle puisse ternir;
Elle vient, au milieu des rires et des joies,
Flétrir une espérance, ou clore un avenir.

Tantôt, c'est le soldat qui dans les plaines tombe,
Jeune homme respirant l'audace et la fierté;
Tantôt, c'est le poète, aigle, cygne ou colombe,
Qui meurt avec son rêve et sa virginité!

Partout, partout le deuil dans nos tristes familles;
La douleur de nos toits est l'hôte familier;
Le Seigneur nous retire oiseaux et jeunes filles,
Et la mère hélas! pleure et ne peut oublier.

Les mères! oh! souvent ces anges de la terre,
Là-bas, parmi les morts suivent leurs nourrissons,
Ceux qu'ignorant la vie, obscur et noir mystère,
Elles avaient bercés de leurs douces chansons.

La tienne, ami perdu, que nous pleurons encore,
O Charles, loin de nous, t'a suivi de bien près,
Et dans la sombre nuit sans lune et sans aurore,
Vous reposez tous deux sous les mornes cyprès.

Et pourtant l'avenir tout plein d'heureux présages
Vous promettait des jours d'ineffable douceur;
Pour toi souvent penché sur les rêves des sages,
La gloire commençait.... pour elle le bonheur!

Tu marchais dans les rangs de la troupe choisie
Qui cherche en toute chose un sens mystérieux;
Tu comprenais l'amour, l'art et la poésie,
Trois verbes rayonnants qui nous viennent des cieux.

Et puis, ainsi que nous, quand le soir nous délivre
De la tâche du jour, — regardant le ciel bleu,
Pensif, tu commentais la nature, ce livre
Qui porte à chaque page écrit le nom de Dieu!

Parfois aussi, rêvant à des œuvres austères,
Ton esprit s'élançait de sommets en sommets;
Et tu voyais le sphinx debout sur ses mystères,
Posant l'énigme sombre et ne parlant jamais!

Mais quand l'ennui baillait sur tes graves études,
Alors à ta pensée attachant le grelot,
Tu nous charmais, donnant de folles attitudes
A des masques rieurs qu'eût enviés Calot.

Et maintenant adieu la franche causerie,
Adieu charmants propos, adieu rire et gaieté;
Car nous mêlons ton deuil au deuil de la patrie,
Au saint deuil de la gloire et de la liberté!

Car nous, tes vieux amis, courbés sur notre tâche,
Nous pleurons, évoquant ton jeune souvenir,
Et voyant le présent si stérile et si lâche,
Accablés, nous doutons presque de l'avenir.

N'importe! dans ces jours où l'homme est las de croire,
Nous ne t'oublierons pas, mélodieux ami ;
Et nous ferons tomber, redorant ta mémoire,
Des rayons et des chants sur ton front endormi.

Nos mains rassembleront tes rimes dispersées,
O railleur qui chantais dans nos cercles joyeux ;
Nous donnerons l'essor à tes vives pensées,
Et tes rythmes charmants voleront dans les cieux.

Et doux comme ces voix qui portent sur les grèves,
Les adieux des marins, quand ils quittent le port,
Tes vers éveilleront le sourire ou les rêves,
Poète, dont les chants viennent de l'autre bord !

Avril 1813.

LAMIA.

C'était l'heure où le soir de ses tièdes haleines
Courbe les blonds épis qui jasent dans les plaines ;
Le ruisseau dans les bois murmurait vaguement ;
Un voile s'abaissait sur le bleu firmament,
Et du limpide éther perçant la belle toile,
Vénus, l'astre serein, l'heureuse et pure étoile,
Annonçait aux mortels lassés du poids du jour
La nuit, la douce nuit qui réveille l'amour.
Les brises que la mer épanche sur les plages,
En bruits mélodieux passaient dans les feuillages ;
Dans l'ombre Éphèse assise au pied de ses coteaux,
Semblait prêter l'oreille au murmure des eaux,
Tandis que s'élevant sur la ville sacrée
Qui présente aux mortels son image adorée,
Phœbé, ce chaste front dans le ciel endormi,
Caressait mollement de son regard ami,
Le temple où chaque jour les filles de la Grèce
Apportent une offrande à la triple déesse.

C'était donc l'heure calme où le jour qui s'enfuit
S'efface ; où lentement, du haut des cieux, la nuit,
Laisse tomber les plis de sa robe étoilée ;

Une femme pensive, une femme voilée,
Par un sentier où l'herbe était blanche de fleurs,
S'avançait. Ses yeux noirs étaient mouillés de pleurs.
Refuge des bergers, quand souffle un vent d'orage,
Un vieux platane au loin étendait son ombrage
Sur un faible ruisseau, dont le bord enchanté
Attire vers le soir l'amoureuse beauté.
C'est là qu'elle s'assit; sa longue chevelure
Flottait, au gré du vent, sur sa blanche figure;
Un rayon l'éclairait au pied de l'arbre : un Dieu
L'eût prise volontiers pour la nymphe du lieu.
Sa taille était flexible et superbe : la grâce
Voltigeait autour d'elle et restait sur sa trace;
Son front, aux purs contours, sur l'épaule incliné,
Était ferme et poli comme un marbre veiné;
Les toisons de Milet, la gaze diaphane
Dont se parait toujours la belle courtisane,
Montant ou s'abaissant, guidaient les yeux épris
Vers des charmes secrets qu'eût enviés Cypris.
Son pied était petit; son œil dardait les flammes,
Et Lamia brillait entre toutes les femmes.
Mais pourquoi donc ces pleurs? Quel regret, quel souci
Ternissait vaguement ce beau front obscurci?
Et quel bien lui manquait? — La ceinture dorée
Serrait à larges plis sa tunique azurée;
Pour lui poser au front un beau voile mouvant,
L'industrieuse Cos avait tissé le vent *.
L'améthyste pendait à ses cheveux d'ébène;
Odorantes vapeurs qui l'effleuraient à peine,

---

* Les anciens appelaient vent de Cos les tissus légers fabriqués dans
cette île.

Pour elle les parfums s'échappaient exhalés
De vases précieux aux contours ciselés ;
Et quand la nuit donnait le signal à l'orgie,
Le nectar de Chio, sur la table rougie,
Coulait, aiguillonnant la joie et le désir ;
Et mollement couchés sur la pourpre de Tyr,
Les convives riant de la chaste Diane,
Enlaçaient dans leurs bras la fière courtisane.
Lamia ! Lamia ! triomphante beauté !
Que de biens répandus sur son splendide été !
Les fils voluptueux de la riche Corinthe
Sur leur sein la ployaient dans une douce étreinte ;
De jeunes Athéniens, mélodieux amants,
Lui murmuraient tout bas mille propos charmants,
Mêlant dans un discours qui touche et persuade,
Au *logos* de Platon l'esprit d'Alcibiade ;
Puis encore, à ses pieds, venus de bords lointains,
Nés sous un ciel d'azur, de beaux Agrigentins,
Animant sous leurs doigts la flûte de Sicile
Lui rendaient ou le rêve ou le sommeil facile ;
Que lui manquait-il donc dans sa brillante cour ?
Il lui manquait un monde, — il lui manquait l'amour !

L'amour ! aux bois, aux monts, aux portiques des villes,
Aux campagnes, aux flots couverts de blanches îles,
Elle l'a demandé ; l'amour sans cesse a fui,
Et pour elle jamais son bel astre n'a lui.
Amathonte et Paphos, où les filles de Grèce
Chantent parmi les fleurs dans une sainte ivresse,
Sous les myrtes l'ont vue errer, et tour à tour
Solliciter Vénus et l'éternel amour ;
Les temples, où sa main suspendait les guirlandes,

Bien des fois ont reçu ses pieuses offrandes,
Des Cupidons d'ivoire, et sur l'autel des vœux,
Le fer a retranché ses odorants cheveux.
Mais hélas! ni les fleurs sur le marbre semées,
Ni les parfums tout pleins d'haleines embaumées,
Ni ses cheveux tressés, et plus précieux dons,
La myrrhe et le cinname et les beaux Cupidons,
Rien n'a rendu l'amour à ses vœux favorable.

« Ta colère, ô Diane, est donc inexorable, »
Disait, le front penché sur le cristal de l'eau,
La triste courtisane implorant le tombeau,
« Inflexible déesse, ô cruelle outragée,
» Oh! tu m'as bien punie, oh! tu t'es bien vengée!
» Je fus coupable hélas! mais par quel long tourment
» J'expie un jour de trouble, un jour d'égarement!
» A tes chastes autels par mon père enchaînée,
» Des roses du printemps la tête couronnée,
» Ecartant loin de toi le vulgaire odieux,
» Je t'offrais le sel pur, l'encens qu'on doit aux dieux;
» Et puis, quand arrivaient tes pompes solennelles,
» Des mugissants taureaux pliant les cous rebelles,
» Ma main ornait leur front; le temple était paré;
» Et l'œil en feu, soudain levant le fer sacré,
» J'en frappais sans pâlir la victime tremblante
» Qui tombait à mes pieds foudroyée et sanglante.
» J'étais heureuse! rien ne venait assombrir
» Le limpide horizon que je voyais s'ouvrir;
» Ton culte m'était doux, ô Diane; et la Grèce
» Honorait la vertu de ta jeune prêtresse.
» Mais, un jour, t'apportant un hommage pieux,
» Un brillant étranger apparut à mes yeux;

7

» Sa tunique de lin dans la pourpre encadrée
» Flottait, et ses cheveux, riche moisson dorée,
» Descendaient ondoyants sur son cou libre et nu ;
» Oh! quel charme divin sur ce front ingénu!
» Quel regard! quel sourire! hélas! infortunée,
» J'étais pâle et sans voix... il m'avait fascinée.
» Oh! bien des fois depuis, dans mon sommeil troublé,
» Dans mes songes brûlants j'ai vu, j'ai contemplé
» Ce visage enchanteur, cette suave image
» Qui me tendait les bras du sein d'un beau nuage.
» Souvenir dévorant! dans mon chaste séjour
» Tout me parlait de lui, tout me parlait d'amour,
» L'air que je respirais tout plein de son haleine,
» Les marbres que sa main avait touchés à peine,
» Les fleurs, l'encens, les bois, les ondes, le ciel bleu ;
» Ma raison s'égarait; l'amour était mon Dieu!
» C'était trop. Un matin, morne, désespérée,
» Je franchis en tremblant ton enceinte sacrée,
» Diane, et ce jour-là, sous ton buste immortel,
» La rose et les parfums manquèrent à l'autel.
» Je parcourus les mers, je visitai les îles,
» Les plus riches cités, les bords les plus fertiles,
» Je demandai partout le bel adolescent,
» Celui qui dans le temple un jour m'apparaissant,
» Alluma dans mon sein, dans mon cœur vierge encore,
» Cette fièvre d'amour qui brûle et qui dévore.
» En vain j'interrogeai les voyageurs ; en vain
» Je leur peignis ce front, ce visage divin,
» Son port majestueux, son geste, son sourire ;
» Aucun ne put répondre, aucun ne put me dire
» Où vivait l'étranger qui faisait mon tourment,
» Et dont un seul regard avait fait mon amant.

» Alors je me vêtis de gaze diaphane,
» J'oubliai la pudeur et je fus courtisane;
» On me vit fréquenter les portiques, le jour;
» Et puis, le soir venu, je vendais mon amour.
» L'or et l'argent mêlés à d'ardentes caresses
» Payaient sans marchander mes nocturnes ivresses;
» On me connut bientôt; je sus faire mentir
» Le geste, le regard et même le soupir.
» Et pourtant je le jure à cet instant suprême,
» Mon charmant inconnu, je t'aime encor, je t'aime!
» Mon cœur est resté pur des souillures du corps,
» Et mon premier amour me suivra chez les morts. »

Le lendemain, quand l'aube effaçant les étoiles,
Chassait d'un ciel d'azur la nuit aux sombres voiles,
Des vierges qui venaient aux bords du clair ruisseau,
Cueillir les blanches fleurs qui se penchent sur l'eau,
S'enfuirent, découvrant étendu près de l'arbre,
Un beau corps immobile et froid comme le marbre.
A leurs cris désertant les prés ou la moisson,
Vinrent des villageois qui, sous le vert gazon,
Couchèrent en pleurant la fille d'Ionie.

J'ai tout su d'un berger, à la face brunie,
Qui d'un tertre voisin entendit cette voix
Qui se plaignait aux dieux pour la dernière fois.

Septembre 1843.

A M. DE LAMARTINE.

Le siècle dans l'ombre travaille
A son problème de géant;
De tout côté l'homme tressaille
Comme le flot sur l'Océan;
Pareille au bruit qui sort de l'onde,
Lente, solennelle, profonde,
La voix de la foule qui gronde
S'élève ou tombe incessamment;
Le rêve agrandit ses domaines,
Et les grandes ruches humaines
Répandent à travers les plaines
Leur éternel bourdonnement.

Partout, tel qu'un levier énorme,
L'esprit soulève tous les poids;
La matière inerte et difforme
Reconnaît un maître et des lois;
L'homme l'emplit de sa pensée,
Et du feu divin embrasée,
Elle obéit, jamais lassée,
Chêne, marbre, granit, airain;
Sifflant sur sa couche de braise,
Elle se tord dans la fournaise,

Et comme Dieu dans la Genèse,
L'homme lui parle en souverain :

« Je suis le maître, toi l'esclave ;
» Mon droit est saint ; il vient de Dieu ;
» Bouillonne à flots comme la lave
» Qui jaillit du cratère en feu ;
» Sers tous mes besoins, ô matière !
» Sois tour à tour flamme et lumière,
» Mets des rayons sous ma paupière ;
» Guide mes pas, je suis errant ;
» Emporte-moi, franchis l'espace ;
» Que toute distance s'efface,
» Et que voyant son roi qui passe,
» La terre dise : « L'homme est grand. »

Ainsi prodiguant ses merveilles,
Au milieu d'un siècle étouffant ;
L'industrie, aux ardentes veilles,
Chante son hymne triomphant,
Tribuns, penseurs, mages, poëtes,
Elle convie à ses conquêtes
Toutes ces flamboyantes têtes
Qui se tournent vers l'avenir ;
Des rois en vain la foudre gronde,
L'industrie est reine du monde ;
Elle crée, invente et féconde,
Et tout lui doit appartenir !

Les Césars et les Charlemagnes,
Tous ces hommes prodigieux,
Géants debout sur des montagnes,

Eblouissent encor nos yeux.
Au ciel en vain ils crurent lire ;
Jouets d'un aveugle délire ,
Ils s'étaient fait un grand empire
De vingt empires en lambeaux ;
Mais toute grandeur est une ombre ;
Et sous la voûte froide et sombre ,
Ils sont rongés de vers sans nombre,
Ces grands hôtes des grands tombeaux !

Faits à l'image de leurs rêves,
Leurs vastes états sont tombés ,
Quand la mort tronçonnant leurs glaives
Sous sa droite les eut courbés ;
Que reste-t-il de tant de gloire?
Des noms qui remplissent l'histoire,
A côté d'une page noire
Une page qui toujours luit. —
Enigme muette et profonde !
Serait-il vrai ? Rien ne se fonde
Par ceux qui traversent le monde
Dans un éclair et dans un bruit !

Mais qu'importe? — long-temps vassale,
L'industrie , aux heureux hasards,
A repris l'œuvre colossale
Qu'ébauchèrent tant de Césars ;
Au bruit des luttes politiques,
Consacrant les jours pacifiques,
De ses conquêtes magnifiques
Elle éblouit le genre humain;
Rapprochant les lieux et les âges,

Lois, mœurs, religions, langages,
Tout ce qui fait rêver les sages,
Elle met l'idée en chemin !

Oui, notre siècle qu'on outrage,
Resplendit par plus d'un côté ;
Comme la mer après l'orage,
Il bouillonne encore agité ;
Un homme, à la puissante étreinte,
Soldat sans remords et sans crainte,
Lui mit au front la rude empreinte
De son génie et de ses lois ;
Et captif dans l'île lointaine,
Le triste et sombre capitaine,
Long-temps au seul bruit de sa chaîne,
Fit tressaillir peuples et rois.

Il faut que toute grandeur tombe ;
C'est la loi du destin jaloux ;
Maintenant qu'il dort dans la tombe,
Gardé par ses preux à genoux ;
Sous la nef morne et solennelle,
Veillant comme une sentinelle,
La gloire à son linceul fidèle,
S'est assise au seuil de l'oubli ;
Et dans l'immense Babylone,
L'idée autour de lui bourdonne,
Et triomphante, elle pardonne
A Bonaparte enseveli !

C'est qu'avant tout elle est clémente,
Cette patrie où nous vivons,

Cette noble terre où fermente
La pensée, aux germes profonds ;
La France est la grande lumière ;
Aux peuples ouvrant la carrière,
Elle tente, puissante et fière,
L'avenir par elle éclairé ;
Et près des splendeurs qu'elle étale,
La haute et sainte capitale
Est la glorieuse Vestale,
Qui veille autour du feu sacré !

C'est Paris, la ville éclatante,
La ville, aux confuses rumeurs,
Où le pouvoir n'a qu'une tente
Que traversent tant de clameurs !
Cité bourdonnante et guerrière,
Qui, dans son ombre ou sa lumière,
Forgeant l'idée ou la matière,
Darde l'éclair et les rayons ;
Peuple, aux batailles inspirées,
Mer qui, sous les arches dorées,
Jette ces terribles marées
Qu'on nomme révolutions !

Du haut de votre cime auguste,
Poète et penseur à la fois,
Calme et serein comme le juste,
Vous écoutez les grandes voix ;
Éclairant l'effet par les causes,
Sur nos riches métamorphoses,
Sur nos splendeurs à peine écloses
Votre œil s'incline jour et nuit ;

Du rêve quittant le domaine,
Pour assister à l'œuvre humaine,
Vous avez compris que Dieu mène
Tout ce tumulte et tout ce bruit!

Non! vous n'êtes pas de ces hommes
Qui fuyant un monde agité,
Maudissent au siècle où nous sommes
Le peuple épris de liberté;
Et qui le voyant se répandre,
Monter ici, là-bas descendre,
Ne veulent point hélas! comprendre,
Pauvres esprits d'ombres voilés!
Que le peuple, lave profonde,
Qui toujours va, frémit ou gronde,
Est comme un volcan qui féconde
Les champs mêmes qu'il a brûlés!

Non! vous dont l'esprit s'illumine
Aux purs rayons des jours nouveaux,
Et qui sentez la main divine
Dans nos luttes et nos travaux;
Penseur sans haine et sans colère,
Poète qu'une lampe éclaire,
Vous cherchez un grand corollaire
A ce Dieu de l'immensité;
Et votre œil empli de flammes
Tombe, suivant toutes les lames,
Sur le vaste océan des âmes,
Sur l'éternelle humanité!

Gloire à vous, orateur-poète,

Qui regardez, matin et soir,
L'ombre de Dieu qui se reflète
Dans le peuple, ce grand miroir;
A vous qui des hauteurs suprêmes,
Illuminant les noirs problèmes,
Ramenez tout, lois et systèmes,
A Dieu, l'immuable niveau;
Et qui sans bruit, mais sans mystère,
Accomplissant une œuvre austère,
Ainsi que le grain sous la terre,
Faites germer l'esprit nouveau!

Oui, cette tâche est grande et belle;
Malgré la haine, aux cris vainqueurs,
Faites grandir la foi nouvelle
Dans les âmes et dans les cœurs;
Apôtre, allez! — de la tribune
Tentez l'orageuse fortune,
Et n'en gardant jamais aucune,
Semez au loin les vérités!
Qu'on l'appelle utopie ou rêve,
Cette semence toujours lève,
Et malgré le sceptre ou le glaive
Les grains bénis sont récoltés!

Oui, sans doute, à travers la brume
Bien des bruits passent dans les cieux;
Et notre siècle ardent écume
Autour des graves demi-Dieux.
Partout l'angoisse et les tempêtes;
Nous sommes là, pauvres poëtes,
Humbles oiseaux courbant nos têtes,

Cherchant l'azur et le rayon ;
Mais dans le ciel qui s'illumine,
Si l'aigle-roi plane et domine,
Sur le flot qui monte et s'incline
Hélas! qu'importe l'Alcyon?

Qu'importe au tourbillon qui passe,
Ployant le chêne, aux fiers rameaux,
Nos cris étouffés dans l'espace,
Comme la chanson des hameaux?
Humbles échos d'humbles pensées,
Notes à peine commencées,
Qu'importent nos voix dispersées,
Un chant d'amour, un triste adieu;
Si la foule qu'étreint le doute,
Voyant devant elle une route,
Calme ou grondante, vous écoute,
Vous qui parlez au nom de Dieu !

Décembre 1813.

LE CHATEAU DE LOURDES,

A PROPOS DES TRAVAUX EXÉCUTÉS PAR LE GÉNIE MILITAIRE.

Ainsi, prenant en main le compas et l'équerre,
Ils sont venus un jour, ô vieux géant de pierre,
Et mesurant de l'œil tes glorieux tronçons,
Sans que rien les troublât, ces barbares maçons
Ont collé sur tes flancs, noble ruine veuve,
De vulgaire mortier une chemise neuve,
Ne sachant pas que l'art, qui veut tout rajeunir,
En effaçant la ride efface un souvenir !
Quoi ! ces profanateurs, dont le plan algébrique
Soudait l'anachronisme à tes grands murs de brique,
Quand ils éclaboussaient, la truelle à la main,
La pierre druidique ou le ciment romain,
Quand ils faisaient crouler du sommet sur la dalle
Le cintre byzantin, l'ogive féodale,
En souillant ces débris de tous les siècles morts,
Ils n'avaient donc au cœur ni pitié ni remords ;
Et rien ne leur disait que les pierres dressées,
Cathédrale ou donjon, sont aussi des pensées,
Que la ruine est sainte à l'égal des tombeaux,
Et que levant au ciel leur façade en lambeaux,
Consacrés par le deuil ou bien par la victoire,
Les vieux châteaux croulants sont des pages d'histoire !

Ils ne savaient donc pas en clouant cet affront,
Ce moderne plâtras sur cet antique front,
Que parmi ces rocs nus, noircis par le tonnerre,
L'aigle ardent de César avait choisi son aire,
Signé sur le granit, de sa griffe d'airain,
L'ineffaçable nom du peuple souverain !
Ils ne savaient donc pas qu'aux jours où la patrie
Râlait sous les Anglais, frémissante et meurtrie,
Des Français étaient morts aux angles de ces tours,
En montant à l'assaut de ce nid de vautours,
Et que leur sang figé sur la pierre et la brique,
Avait écrit partout un poème héroïque !

Maintenant soyez fiers ; vous avez rapiécé,
Vous avez récrépi ces murs pleins du passé ;
Mais sur le même livre et sur la même page,
Vous avez raturé Rome et le moyen-âge !
Le temps est moins cruel ; en son rapide vol,
De son aile puissante il couche sur le sol
Des Tyrs et des Memphis l'entassement superbe ;
Les blocs Cyclopéens, il les couche sous l'herbe ;
Impassible et muet, du monde il fait le tour,
Emiettant la colonne et renversant la tour ;
Mais il laisse aux débris qu'il sème sur la terre
Quelque chose de saint, le rêve et le mystère ;
Il attache le lierre en flexibles anneaux
Au cintre de la voûte, aux fentes des créneaux ;
Enfin, pour compléter une tristesse immense,
Il couvre tout d'effroi, d'ombres et de silence !
Sans doute, en se jouant, l'inflexible vieillard
Effeuille sous ses pieds les merveilles de l'art,
Les fûts aëriens, les chapiteaux d'acanthe,

8

Tous ces marbres pétris par une main savante,
Où Phidias mettait son génie et son nom ;
Mais il laisse à Minerve un coin du Parthénon,
A Rome, de puissance et de gloire épuisée,
Le squélette géant de son vieux Colysée ;
A tout un souvenir radieux, immortel,
Au cloître une colonne, à l'église un autel ;
Et comme il faut toujours que la grandeur s'expie,
Le temps est destructeur ; mais il n'est pas impie !

Janvier 1844.

LE FLEUVE.

Oh ! depuis soixante ans qu'il roule et qu'il écume,
Reflétant tour à tour la flamme et les rayons,
Et que soudain, la nuit, il se lève et s'allume
Au flamboyant éclair des révolutions ;

Ce fleuve, ce torrent, dont la France féconde
Est la source éternelle, et l'Europe le lit,
Il a tout ébranlé sur la face du monde ;
Ce qu'il n'entraîne pas , son flot l'ensevelit.

Vaste débordement de luttes et d'idées,
Dont notre siècle fut le glorieux témoin !
Qui donc lui mesurant l'espace et les coudées
Viendra lui dire : ô flot, tu n'iras pas plus loin !

Personne, à moins que Dieu. Confuses et pressées,
Les vagues vont toujours ; elles font leur chemin.
Nul ne peut, opposant des digues aux pensées,
Ajourner tout un siècle en lui criant : demain !

Demain, le fleuve ardent écumera de rage !
Demain, il bondira sous un ciel étouffant,
Et l'on verra flotter, au gré d'un vent d'orage,
Le sceptre d'un vieillard, le berceau d'un enfant !

O royales splendeurs qu'on encensait la veille,
Glaives de Damoclès suspendus par un fil !
Sous les plafonds dorés malheur à qui sommeille !
Car le réveil des rois, c'est la chute ou l'exil !

Terrible enseignement plein de choses profondes !
Charles dix s'en va seul ployé sur un bâton ;
Napoléon captif expire entre deux mondes,
Insulté par Chatham, maudit par Washington !

En vain de faibles cœurs gémissant sur la rive
Gardent aux rois tombés un pieux souvenir ;
Il faut au but lointain que toute chose arrive,
Le fleuve à l'Océan, l'idée à l'avenir !

Ainsi, mornes vieillards, dont la pensée est veuve,
Laissez passer le siècle ; il est fort, il est grand ;
Le vieux saule attristé s'incline sur le fleuve,
Mais il n'arrête point l'invincible courant !

Février 1814.

LÉTHÉ *.

A midi, quand tout s'inonde
De rayons et de reflets,
Le pêcheur, aux bords de l'onde,
Ecoutant la voix profonde,
Vient dormir dans ses filets.

A midi, quand sur la plaine
Tout languit, fleurs et rameaux,
Quand le vent, de son haleine,
En passant effleure à peine
Le cristal dormant des eaux;

* Nous croyons devoir appeler l'attention sur cette pièce et sur les trois qui suivent, non qu'elles se détachent des autres d'une manière plus vive par la pensée ou par l'expression, mais parce que nous avons tenté d'y plier le vers à certaines lois rythmiques. Bien convaincu que la poésie française se refuse à la combinaison des longues et des brèves, c'est-à-dire aux pieds des Grecs et des Latins, il va sans dire que nous n'avons pas songé le moins du monde à renouveler la maladroite et presque ridicule tentative de Turgot. Mais, d'après les conseils d'un homme plein de goût et d'érudition, M. Ducondut, alors inspecteur de l'Académie de Pau, nous essayâmes, il y a quelques années, sur des types fournis par lui, d'introduire dans le vers lyrique des coupes régulières, naturellement indiquées par l'accent, c'est-à-dire par la syllabe

Sous l'abri d'un large hêtre
Le berger vaincu s'étend ;
Et gardien du toit champêtre,
Le chien blanc, près de son maître,
S'accroupit tout haletant.

Eh bien ! tous, tant que nous sommes,
Ver rampant, aigle hardi,
Sous la paille ou sous les dômes,
Voyageurs parmi les hommes,
Nous avons notre midi ;

sur laquelle la voix s'arrête ou se repose. Des exemples nous feront
mieux comprendre. Prenons la première strophe de cette pièce ; une
oreille exercée y reconnaîtra sans peine une division harmonique du
vers que nous allons rendre sensible aux yeux par des chiffres :

$$\overset{1}{\text{A midi }|} \text{, quand tout s'mon } \overset{2}{|} \text{ de}$$
$$\overset{1}{\text{De rayons }|} \text{ et de reflets } \overset{2}{|} \text{,}$$
$$\overset{1}{\text{Le pêcheur }|} \text{, aux bords de l'on } \overset{2}{|} \text{ de,}$$
$$\overset{1}{\text{Ecoutant }|} \text{ la voix profon } \overset{2}{|} \text{ de,}$$
$$\overset{1}{\text{Vient dormir }|} \text{ dans ses filets } \overset{2}{|} \text{.}$$

Evidemment il y a ici deux sections dans le vers, l'une de trois, l'autre
de quatre syllabes, sections qui n'ont rien d'arbitraire, puisqu'elles sont
amenées par le double repos naturel marqué par les chiffres 1 et 2.

Passons à la seconde pièce, où nous trouverons le vers de huit syllabes
coupé en trois parties, toujours d'après le principe de l'accent.

$$\overset{1}{\text{Il eut }|} \overset{2}{\text{ sa brillan }|} \overset{3}{\text{ te jeunesse,}}$$
$$\overset{1}{\text{Il eut }|} \overset{2}{\text{ et sa vi }|} \text{ e et sa mort } \overset{3}{|} \text{.}$$

Ce midi grave et suprême,
Où ployant sous les douleurs,
Le front tremble et se fait blême,
Sous l'orgueil du diadème,
Sous l'éclat terni des fleurs.

L'espérance en vain prolonge
Un passé mort sans retour;
Qui ne voit tout le mensonge,
Le néant du double songe
De la gloire et de l'amour?

Le vers de huit syllabes admet aussi deux coupes égales comme dans cet exemple :

1   2
Asseyons-nous | . L'éther limpi | de
1   2
Rayonne au loin | , calme et vermeil | .

Enfin, dans le dernier morceau, nous rencontrons le vers de six syllabes non moins heureusement scindé :

1   2
Au foyer | solitai | re
1   2
Quand tu son | ges, ma sœur | .

Une foule d'autres combinaisons, on le comprend bien, pourraient être tentées. Nous nous sommes borné à celles-ci, persuadé qu'elles suffiront pour faire apprécier l'importance de l'innovation proposée par M. Ducondut, qui n'altérant en rien la forme extérieure du vers, en modifierait sensiblement, au profit de l'oreille, l'économie intérieure. Les musiciens, ce nous semble, n'auraient qu'à se féliciter d'une pareille réforme.

Quel mortel, sur ce théâtre,
Ne voudrait, humble pêcheur,
Regarder l'onde bleuâtre,
S'endormir comme le pâtre
Sous les bois pleins de fraîcheur !

A cette heure où le moins sage
Sent hélas ! que rien n'est beau,
Que l'espoir est un mirage,
Que la vie est un voyage
Dont le but est le tombeau ;

A cette heure où tout s'incline,
Où tourné vers le couchant,
Le soleil ronge et calcine
L'autre aspect de la colline,
De nos jours l'autre penchant,

Regrettant sa belle aurore,
Son printemps rose et vermeil,
Sous l'ennui qui le dévore,
Quel mortel tout bas n'implore,
O Léthé ! ton doux sommeil !

Vain regret ! plainte inutile !
Du linceul attends le pli ;
Le tombeau seul est tranquille,
La mort seule est un asile ;
La mort, c'est le grand oubli !

                        Avril 1815.

ILLI ROBUR TRIPLEX.

Son œil où brillait une larme
Sur lui se fixa tristement,
Cet œil qui jadis sous un charme
Tenait le poëte et l'amant :

« Ami, lui dit-elle, ta vie
» Echappe à mes chaînes de fleurs ;
» Pourtant on me fête, on m'envie ;
» Hélas ! s'ils savaient mes douleurs !

» Mon âme enchaînée à ton âme ;
» Mon cœur asservi sans retour,
» Poète, aux extases de flamme,
» De toi ne voulaient que l'amour !

» Crédule à ma vaine tendresse,
» Crédule à mon rêve adoré,
» Ainsi qu'au doux flot qui le presse,
» L'esquif sur le golfe azuré,

» Ainsi je m'étais, bien naïve,
» Livrée à ton charme vainqueur,
» Pensant à jamais sur la rive
» Fixer ton génie et ton cœur !

» Mon nid de colombe fidèle,
» Caché sous la feuille des bois,
» Offrait le repos à ton aile,
» Des chants, des soupirs à ta voix !

» Mais l'aigle indompté veut l'espace,
» Les champs de l'éther lumineux ;
» Ainsi, de l'amour qui t'enlace,
» Tu romps et le charme et les nœuds !

» Tu fuis la paisible retraite
» Où près du flot pur et dormant,
» Ma main enchaînait le poète
» Avec les doux liens de l'amant !

» Ton vol dans les champs du tonnerre
» T'enlève, et tu planes vainqueur ;
» Pitié ! car tu tiens sous ta serre,
» Poète, un lambeau de mon cœur ! »

Ce chant d'où sortait une plainte,
Trouva le poète glacé ;
Pourtant n'es-tu pas chose sainte,
Amour, rayonnant ou brisé ?

Mais non ! il tirait d'un long drame
Des cris dans les larmes noyés ;
Et là, dans l'angoisse, une femme,
Un ange expirait à ses pieds !

Il eut sa brillante jeunesse,
Il eut et sa vie et sa mort ;
Et rien dans ce cœur plein d'ivresse,
Ni deuil, ni pitié, ni remord !

Seigneur! expliquez le génie;
Seigneur! il nous glace d'effroi;
Lancé dans la route infinie,
Il plane, il triomphe, il est roi;

Naïf, rayonnant, sombre, étrange,
Il chante et maudit tour à tour;
S'il a les extases de l'ange,
Il a les instincts du vautour!

Seigneur! voilà donc un poète,
Un sphinx qui torture et qui rit!
Le cœur! il lui bat dans la tête,
L'amour! il lui vient de l'esprit!

Mai 1845.

SUR LA MONTAGNE.

Asseyons-nous. L'éther limpide
Rayonne au loin, calme et vermeil;
Et sur nos fronts, dôme splendide,
S'emplit de flamme et de soleil;
Notre œil se perd dans la distance;
Et déployant un cercle immense,
L'horizon fuit dans les brouillards;
Chaos mouvant qui se prolonge,
Voilé, confus, où l'âme plonge
Cent fois plus loin que les regards!

Là sont pourtant ces ruches pleines,
Où nous jetons tant de rumeurs,
Grandes cités au fond des plaines,
Hameaux pendant sur les hauteurs,
Tout ce que l'homme à la nature
Mêle de trouble et de murmure,
De passion et de combats;
Brillant tableau! cadre sublime!
Mais rien ne parle à cette cime,
Ni voix d'en haut, ni bruit d'en bas!

Dans une brume où tout s'efface,
Ton œuvre vaine s'engloutit;

Mortel, contemple face à face
Dieu si puissant, toi si petit!
Depuis le pic, géant superbe,
Jusqu'à la fleur, jusqu'au brin d'herbe,
Tout brille au loin ou te sourit;
Mais pour les yeux plus de lumière,
Est-ce moins d'ombre et de mystère,
Moins de ténèbres dans l'esprit?

Non, sur les flots et sous l'ombrage,
Sur les sommets, la nuit, le jour,
Dans le repos ou dans l'orage,
Dans la tristesse ou dans l'amour,
A nos côtés, grave et morose,
Le sphinx est là, qui nous propose
Des mots, des sens mystérieux;
Sur cette cime solitaire
L'âme est déjà loin de la terre,
Elle n'est pas plus près des cieux!

C'est que jamais de son nuage,
De sa pensée, obscur repli,
Jamais l'esprit ne se dégage,
Toujours dans l'ombre enseveli;
C'est que partout l'âme exilée
Cherchant le ciel, triste et voilée,
Traîne son deuil et ses combats;
Et qu'en montant la rude échelle,
Où le plus fort tremble et chancelle,
Nul n'a laissé le doute en bas!

Mai 1845.

9

A UNE MÈRE,

Au foyer solitaire
Quand tu songes, ma sœur,
Que dans l'ombre un mystère
Trouble avant la prière
Ton esprit ou ton cœur,

Quand l'étoile se lève,
Quand tout meurt, jour et bruit,
Que tu sens, fille d'Eve,
Te parler dans un rêve
L'abandon et la nuit,

Comme l'onde et la neige,
Toi qui fus pure un jour,
Toi que rien ne protége,
Pauvre femme qu'assiége
Ou Satan ou l'amour;

Pour garder ta parure
D'innocence et de foi,
Pour briller, chaste et pure,
Sans remords, sans souillure,
Femme en deuil, souviens-toi !

Souviens-toi, douce chose !
Dans l'angoisse et les pleurs,
De l'enfant qui repose,
La paupière mi-close,
Dans le nid plein de fleurs !

Penche-toi, faible mère,
Sur ton frais nourrisson ;
Près de lui songe, espère ;
Dis tout haut ta prière,
Dis tout bas ta chanson !

Rose et blond, sous la gaze,
Un enfant qui sourit,
Un beau lis dans son vase,
Pour le cœur c'est l'extase,
Un conseil pour l'esprit !

C'est la fleur solitaire,
Le parfum et le miel,
Un suave mystère,
Un écho sur la terre,
Une voix dans le ciel !

Viens, ô femme, ô martyre !
Fuis le sombre ennemi ;
Viens laisser un délire ;
Viens cueillir un sourire
Sur ton fils endormi !

Viens... le mal, sans relâche,
Te poursuit, l'œil brûlant ;
Sous les fleurs il se cache,

A la mère il s'attache,
Il a peur de l'enfant !

Viens ! ici rien d'étrange,
C'est le nid de l'oiseau ;
Nul danger, nulle fange ;
Ton gardien est un ange,
Ton rempart un berceau !

                        Septembre 1815.

CONSEILS.

Un jour que reportant ma tristesse inquiète
Loin du monde idéal qui sourit au poëte,
Je rêvais sous l'ombrage, où j'écoute souvent
La chanson du hameau qui gémit dans le vent,
Remuant dans mon cœur, plein de choses brisées,
Ainsi que sous mes pas les feuilles dispersées,
Mes songes et mes vœux de jeunesse et d'amour,
Roses d'un seul printemps qui ne durent qu'un jour,
Une femme, une vieille, et sans doute une mère,
D'une voix que troublait une pensée amère,
Laissa tomber ce cri, cet accent douloureux :
« Que les riches, Seigneur, ici-bas sont heureux ! »

Long-temps de mes regards je suivis l'humble femme,
Qui dans un simple mot me révélait une âme,
Et sans plus quereller le temps et le destin,
Qui nous prennent le rêve et la fleur du matin,
Je laissai ma pensée émue et solitaire,
De l'humaine douleur sonder le grand mystère,
Et ne sachant à qui l'on doit plus de pitié,
Du riche triomphant ou du pauvre oublié,
Mon vers allait du seuil de la froide chaumière
Au palais rayonnant de vie et de lumière,
Et frappant à la porte où s'enivrait l'orgueil,
Je lui jetais ce chant de prière et de deuil :

Convives radieux des festins de la vie,
Vêtus de pourpre et d'or, et qui faites envie
A ceux qui font pitié! Riches, de vos banquets,
Où la flamme étincelle en lumineux bouquets,
Au nom du Dieu vivant, sur les ombres muettes
Qui rampent sous vos murs, laissez tomber des miettes,
Laissez tomber un mot compatissant et doux
Sur la mère et l'enfant qui pleurent à genoux!
Que votre charité, divin flambeau qui brille,
Fasse luire un espoir à la triste famille;
Que pareille aux amants qui voilent leur amour,
Elle sorte, la nuit, et se cache, le jour!
Riches! songez-y donc! à votre seuil impie
Quand une femme pleure, et dans l'ombre accroupie,
Mêle sa faible voix à ces rires bruyants,
Qu'exhalent au dehors vos salons flamboyants,
Tous les anges du ciel s'inclinent pour l'entendre,
Et rapportant au ciel sa plainte douce et tendre,
Ils disent à Jésus, le saint crucifié,
Vos refus insultants et vos cœurs sans pitié!
Mais quand un homme vient, énergique nature,
Que la haine lancine et que la faim torture,
Qui rôde dans la brume autour de vos palais,
Et se sentant plus froid sous leurs mille reflets,
Dans un angle tapi, l'œil ardent, le front blême,
Remue en son esprit quelque fatal problème,
Alors le tentateur s'approche du maudit,
Il lui parle à l'oreille, et l'enfer applaudit!

Riches, écoutez bien. Si la loi que vous faites
Absout votre opulence et vos chants et vos fêtes,
Là, dans la nuit, le pauvre, enfant déshérité

De sa part de soleil, d'amour, de liberté,
Contre le joug fatal qui le courbe et l'opprime,
Proteste par les pleurs, quelquefois par le crime !
Et son poignard tout prêt pour des scènes de deuil,
Au bruit de vos concerts, s'aiguise à votre seuil !
Ainsi, pour désarmer ces terribles phalanges,
Que poussent au combat, tels que deux mauvais anges,
La misère et la faim agitant leurs haillons,
Symboliques drapeaux des mornes bataillons,
Pour que l'aigre tocsin, dans vos larges demeures,
Ne jette point le glas des formidables heures,
Songeant qu'il peut surgir un Spartacus nouveau,
Entre vous et le peuple abaissez le niveau !
Elargissez le code et même l'Evangile ;
Dans l'homme voyez Dieu, le rayon sous l'argile ;
Que chacun ici-bas ait son droit de cité
Sous le soleil de vie et de fraternité !
Que l'échafaud sanglant s'amoindrisse ou s'efface !
Quand le juge dit : mort ! que le cœur dise : grâce !
Que la loi plus logique et plus clémente enfin
Fasse la part du crime et la part de la faim !
Que la société, pieuse et maternelle,
Couvre les malheureux de sa large tutelle,
Et qu'ouvrant un refuge à tout destin fatal,
L'école, l'atelier, l'église, l'hôpital,
Elle donne, groupant amour, travail, science,
A tous le pain du corps et de l'intelligence !

Voilà de quelle aumône, et voilà de quel grain
Il faut ensemencer, quand le ciel est serein,
Les âmes et les cœurs que brûle tant de haine,
Afin qu'à l'heure sombre où le vent se déchaîne,

Où l'abîme entr'ouvert des révolutions,
Plein de tumultes sourds et de convulsions,
Fait bondir sous vos murs, sous vos portes dorées,
Un flot toujours croissant d'âmes désespérées,
Afin qu'en cette lutte où d'immenses effrois
Pèsent sur tous les cœurs et montent jusqu'aux rois,
Quand, martyrs de la faim ou de l'intelligence,
Tant d'hommes ont des cris d'espoir et de vengeance,
Pâle, joignant les mains, la sainte Charité
S'interpose entre vous et le peuple irrité,
Et disant vos bienfaits, priant avec des larmes,
Des mains des furieux fasse tomber les armes!

Novembre 1845.

RÉSURRECTION.

Ils se disaient un jour, dans leur haine sauvage,
En lui forgeant l'anneau d'un éternel servage,
En faisant saigner l'aigle en sa cage de fer,
En dressant de leurs mains, inspirés par l'enfer,
Des murs qui suspendaient sur un peuple rebelle
De leurs canons béants la menace éternelle,
Nulle voix ne sortant des mornes soupiraux,
Ils se disaient entre eux, les despotes bourreaux :
« Elle est là sous nos pieds, vaincue et terrassée ;
» Nous lui tenons les bras, le cœur et la pensée ;
» Chaque jour de son âme efface un souvenir,
» Un abîme se creuse entre elle et l'avenir ;
» A l'aise nous pouvons dépécer notre proie,
» Elle ne frémit plus sous le pied qui la broie ;
» La Pologne est finie, et son nom est éteint,
» C'est l'arrêt de la force et celui du destin ! »

Ils l'ont dit ! — Et voilà qu'un élan magnanime
Donne à l'oppression un démenti sublime !
Le voilà qui se lève armé de son droit saint,
Fort des grands souvenirs qui font battre le sein,
Dardant sur l'ennemi l'éclair de sa prunelle,
Ce Lazare promis à la tombe éternelle !

Il oppose, nouant d'électriques chaînons,
L'idée au fait brutal, sa poitrine aux canons;
Et s'armant au hasard de sabres et de piques,
Soldats improvisés, des bourgeois héroïques,
Des paysans, des serfs, au despote arrogant,
D'un peuple d'opprimés osent jeter le gant!
De son triple tombeau la Pologne asservie
Bondit en plein soleil et renaît à la vie,
Et des antiques jours rallumant le flambeau,
De son linceul de mort elle fait un drapeau,
Des armes de ses fers; et saignante et meurtrie,
Elle relève un droit, un culte, une patrie!

Va! quel que soit le nom dont la foule ici-bas
Nomme tes saints efforts, tes glorieux combats,
Sublime dévouement, héroïque folie,
Veuve des nations, trois fois ensevelie,
Va! grande et noble sœur, dont les valeureux fils,
Des rivages de l'Elbe aux sables de Memphis,
Sur les champs de bataille ont mêlé leur poussière
Aux ossements blanchis de la France guerrière,
A l'heure où t'arrachant de l'étreinte des rois,
Dans le sang le plus pur tu retrempes tes droits,
A défaut de nos bras, à défaut de nos armes,
Nous t'envoyons nos cœurs, nous t'envoyons nos larmes!
Car, misère et pitié! tombé de son Sina,
Des sommets rayonnants d'Arcole et d'Iéna,
Ce peuple qui, semant la parole féconde,
De sa forte pensée a fait vivre le monde,
Endormi sur sa foudre, éteignant tous ses feux,
Il n'a rien à donner que des pleurs et des vœux!
N'importe! le triomphe est au bout du martyre;

Ton droit est immortel, il ne saurait prescrire !
Sans doute les bourreaux, encore cette fois,
Comprimeront ton cœur, étoufferont ta voix ;
Ils verseront ton sang comme l'eau des fontaines,
Tes enfants sous leurs coups tomberont par centaines,
Et dans la fosse sombre enterrant tes lambeaux,
Ils scelleront sur toi la pierre des tombeaux,
Et plaçant chaque nuit des gardes à la porte,
Ils diront à l'Europe : « Elle est vaincue et morte ! »

Quoi ! supprimer un peuple ! horreur ! impiété !
L'ensevelir vivant avec sa liberté !
Non ! ton Christ soulevant les dalles funéraires,
Groupant autour de lui des phalanges de frères,
Surgira de la tombe, éblouissant et fort,
Vainqueur de l'esclavage et vainqueur de la mort !
Alors, aux fiers accents de sa voix souveraine,
Des bords de la Baltique aux steppes de l'Ukraine,
De la gorge profonde où les Karpaths brumeux
Répandent à grands flots les torrents écumeux,
Des ténébreux ravins et des forêts de chênes,
Les serfs se lèveront en secouant leurs chaînes ;
Ils couvriront le sol d'immenses bataillons
Que remplira l'esprit de tes vieux Jagellons ;
Et guidés par la croix, leur divine complice,
Ils descendront encor dans la sanglante lice !
L'ombre de Kosciusko, visible à tous les yeux,
Pour bénir ses enfants traversera les cieux ;
Et dans cette dernière et suprême entrevue
De leurs rangs fraternels passera la revue !
En vain pour réprimer l'universel élan,
Le despotisme, autour de son drapeau sanglant,

Convoquera du Nord les phalanges livides,
Ses Kalmoucks dévorés d'appétits homicides,
Ses Cosaques sans nom, venus de bords lointains,
Hideux, obéissant à d'aveugles instincts;
Repoussés de tes murs, ô sainte Varsovie,
Ils fuiront emportant leur rage inassouvie,
Car Dieu, de tes efforts le juge et le témoin,
Ne sera pas trop haut, ni la France trop loin!

Septembre 1846.

CRACOVIE.

—

A MON AMI EUGÈNE C......

Oh! j'ai besoin d'un cœur, oh! j'ai besoin d'une âme,
Où je puisse verser en paroles de flamme
Cette indignation, ce courroux trois fois saint,
Ruisseau de plomb fondu qui me brûle le sein!
Il faut être pétri d'une argile bien molle,
Ou n'avoir que du vent dans une tête folle;
Il faut, fermant les yeux au jour des temps nouveaux,
N'aimer que les écus, les chiens et les chevaux;
Il faut ne rien porter sous la mamelle gauche,
Avoir sué son âme en des nuits de débauche,
Boire, pour s'abrutir, quelque philtre énervant,
Etre l'ombre d'un homme, un cadavre vivant,
Pour ne pas ressentir une haine insensée
Vous dévorer le cœur, le front et la pensée,
Et pour ne pas crier, en étendant la main,
Anathème à ces czars, bourreaux du genre humain!

Eh quoi! sous ce prétexte : elle tremble, elle penche,

10

Au tronc des nations retrancher une branche!
Eh quoi! d'un trait de plume, en cet âge éclairé,
De la carte éternelle, où tout nom est sacré,
Rayer un peuple antique, à l'âme grande et forte,
Comme on biffe un vain nom sur une page morte!
Et là, là, sous les yeux du monde épouvanté
De cet excès d'audace et de perversité,
Tailler et retailler, dans je ne sais quel antre,
Un peuple à qui l'on tient le talon sur le ventre!
Et pour mieux avérer le meurtre clandestin,
Se parer sans pudeur de l'infâme butin,
Attaché tout saignant à leurs hideux royaumes!
C'est ce qu'ont fait les rois, ces doux pasteurs des hommes!
C'est l'attentat sans nom que l'Europe a flétri,
Quand la France râlait sous une Dubarry,
Et que son roi blafard, dans une longue orgie,
Au lit d'une Phryné couchait la monarchie!

Eh bien! ce n'est pas tout : à ce peuple martyr,
Qu'ils ont voulu tuer ne pouvant l'abrutir,
Il restait une ville, entre toutes chérie,
Un haillon de sa pourpre, un lambeau de patrie,
Et voici que brisant un solennel traité,
Des rois spoliateurs la sombre trinité
Confisque la ruine; un ukase la jette
Sous le sceptre de plomb de l'Autriche muette!
Metternich, ce geôlier de vingt peuples en deuil,
Pouvait seul convoiter la garde d'un cercueil,
Et toujours resserrant la chaîne qui les lie,
Étouffer la Pologne et glacer l'Italie!

Oh! le crime déborde et la honte et l'affront!

La France est donc bien bas pour qu'on lui jette au front
Cet insolent défi, soufflet qui nous bafoue,
Et fait saigner l'honneur encor plus que la joue!
Sommes-nous bien les fils de ces tribuns élus,
De ces législateurs calmes et résolus,
Qui, se dressant un jour, grandis de vingt coudées,
Soufflèrent sur le monde un ouragan d'idées,
Et de si vifs éclairs entourèrent nos droits,
Qu'ils en firent sécher la paupière des rois!
Ah! si la France encor sous la cendre recèle
De cet ardent foyer quelque faible étincelle,
Peuple et pouvoir, sortons de l'égoïsme étroit,
Levons en plein soleil la bannière du droit,
Et si nous ne pouvons hâter leur délivrance,
Du moins pour les vaincus décrétons l'espérance!

Mais que dis-je? Pitié! — La France de Juillet,
Comme un forçat vieilli sa chaîne et son boulet,
Traîne, le cou baissé, les anneaux du servage,
Que le brutal vainqueur, dans sa haine sauvage,
Nous riva sur les chairs, lorsqu'inondant Paris,
Les cavaliers du Don, sur nos fumants débris,
Du sang de leurs fils morts éclaboussaient nos mères;
Quand Blucher nous jetant ses paroles amères,
Brisait, gorgé de vin, les chefs-d'œuvre de l'art,
Et se vengeait de nous en stupide soudard!
Voyez! en attendant l'occasion prochaine,
Les rois tiennent toujours le bout de notre chaîne;
Pieds et poings, tête et cœur, nous sommes garrottés
Dans les liens de fer des infâmants traités,
Et la France, courbant sa tête appesantie,
S'endort sous les réseaux de la diplomatie,

Tandis qu'à la lueur d'un sinistre flambeau
Un peuple est attaché, vivant, dans le tombeau !

Ami, j'ai répandu mon âme dans la vôtre ;
Tandis qu'un siècle entier dans la fange se vautre,
Je proteste tout haut ; et ce cri de mon cœur,
Chant de haine profonde, anathème vengeur,
Je vous l'adresse à vous, âme pure et choisie,
Qui comprenez l'amour, l'art et la poésie ;
A vous qui, détaché de l'immonde troupeau,
Suivez de l'avenir l'invisible drapeau,
Et qui pensez qu'un jour les nations meurtries
Retrouveront leurs lois, leurs cités, leurs patries,
Et que Dieu, dont les rois ensanglantent l'autel,
Fit les peuples sacrés et le droit immortel !

                                        Décembre 1846.

TACITE

ENCORE A PROPOS DE CRACOVIE.

Le monde avait usé toute son énergie,
    Rome ployait sous les Césars,
Et les maîtres du monde, emportés dans l'orgie,
    Broyaient les peuples sous leurs chars!
Chaque jour voyait naître une sinistre chose,
    Un empereur, un Dieu nouveau,
Qui, le soir, descendu de son apothéose,
    Redevenait tigre ou pourceau.
Tibère, dont le cœur aux prunelles des femmes
    En vain rallumait ses désirs,
Avait épouvanté de ses fêtes infâmes
    Les pourvoyeurs de ses plaisirs;
Monomane effrayant, le jeune Caligule
    Avait glacé le genre humain;
Claude avait, agitant sa stupide férule,
    Régenté le peuple romain.
Néron, jaloux de tout, de Virgile et d'Homère,
    D'un cocher ou d'un histrion,
Néron avait plongé dans le sein de sa mère
    Le glaive du centurion!
Le délateur sorti des sentines du vice
    Allait cherchant son vil butin,

Et sûr d'être payé de son hideux office,
      Venait le soir au Palatin !
Il portait une liste où, selon sa colère,
      L'empereur Dieu pouvait choisir ;
Lui ne se réservait qu'un nom... celui d'un père
      Coupable de ne pas mourir !

Or, tandis qu'à travers ces fanges et ces crimes,
      Le pouvoir allait sans remords,
Un homme voyait tout, et comptant les victimes,
      Glorifiait les grandes morts !
Tacite burinait sur d'immortelles pages
      Son témoignage accusateur,
Et traînait les Césars au tribunal des âges,
      Inexorable délateur !

Ainsi, vous que le crime ou le hasard élève,
      Qui tenez tout dans votre main,
Qui faites devant vous, sous le sceptre ou le glaive,
      Marcher au pas le genre humain,
Songez-y ! — Vainement les guerrières fanfares,
      Les cris, les applaudissements,
Des peuples étouffés sous vos décrets barbares
      Couvrent les sourds gémissements ;
L'avenir saura tout ; l'incorruptible histoire
      Est avec ceux que l'on proscrit ;
Elle suit la justice et non pas la victoire....
      Prenez garde... Tacite écrit !

                              Janvier 1817.

INVIDEO QUIA REQUIESCUNT.

—

A MON AMI LE DOCTEUR A. C........

Un soir, Martin Luther, les paupières baissées,
Parmi les croix de bois et les dalles brisées,
Sous un pâle rayon égaré dans les cieux,
Dans l'asile des morts allait, silencieux.
Les disciples aimés du glorieux sectaire,
De sa pensée en deuil respectant le mystère,
S'écartaient. Mais soudain Luther les appela,
Et regardant la terre : « Heureux ceux qui sont là !
» Ils sont libres du siècle et des maux de la vie ;
» On les plaint, on les pleure, et moi, je les envie,
» Car ils ont le repos. »

                    Luther avait raison.
Comme le moissonneur couché sur sa moisson,
Il pouvait s'endormir ; la grande œuvre était faite.
Hardi comme un tribun, bouillant comme un prophète,
Lui petit, lui chétif, il avait affronté
Du Pape et des Césars la double majesté ;

Il avait regardé face à face, dans Spire,
Charles-Quint radieux de jeunesse et d'empire,
Géant qui soutenait dans sa puissante main
Un nouveau monde joint au vieux monde romain !
Fils d'un père inconnu, d'un paysan esclave,
Il avait, défiant la diète et le conclave,
Opposé, le front haut, sans trouble et sans frisson,
A l'une des soldats, à l'autre la raison !
Il avait, ébréchant l'angle du sanctuaire,
De la tradition, froid et morne suaire,
Glorieux rédempteur, sauvé l'esprit humain ;
Et le monde moderne, agité dans sa main,
Couronné des rayons de ses démocraties,
Avait calciné l'œil des vieilles dynasties ;
Et certes le vieux moine, après ce grand effort,
Pouvait bien invoquer le sommeil de la mort !

Mais nous, pour prononcer la funèbre parole,
Quelle tâche avons-nous achevée, et quel rôle
Avons-nous donc rempli dans le drame éternel,
Que l'humanité joue à la face du ciel ?
Soldats, qu'avons-nous fait de nos glaives ? — Poètes,
De nos rythmes ardents ; tribuns, de nos tempêtes ?
Qu'avons-nous abattu ? qu'avons-nous élevé ?
Où donc est le triomphe et l'avenir rêvé ?
Quel rayon est sorti, chaste et pur, de nos flammes ?
Quel symbole éclatant a rallié les âmes ?
Quel grain mystérieux germe dans nos sillons ?
Qui regarde en avant ? qui sait où nous allons ?
Quel Colomb, sur la foi d'un rêve ou du génie,
Tente les profondeurs de la mer infinie ?
Quel novateur moulant un monde en son cerveau,

Promène parmi nous l'aplomb et le niveau ?
A la page de sang qui rature le code ?
Qui, déployant dans l'air les deux ailes de l'ode,
A travers le désert, dirige en son chemin
L'éternel voyageur qu'on nomme genre humain ?

Tout se tait, tout est froid, tout est mort ; la pensée
Sur son triste labeur se replie, affaissée ;
L'esprit dompté s'épuise en stériles combats ;
Aux uns pèse la lyre, aux autres le compas,
Aux vieillards le bâton, aux jeunes l'espérance ;
Tout glisse ou s'amortit sur notre indifférence ;
Comme ces ruminants, qui livrent leurs toisons,
Où le maître nous mène, eh bien ! là, nous paissons ;
Et dans le vil troupeau chacun s'arrange, en somme,
Pour se faire petit, pour être moins qu'un homme !
C'est bien. Vivons sans trouble et soyons sans remords ;
Mais respect aux tombeaux ! n'envions pas les morts,
Nous, penseurs accablés, rêveurs tristes et sombres,
Qui n'avons pas de but ou qui suivons des ombres !
Ces grands morts qui pour nous ont souffert, ont vaincu,
Ils nous repousseraient... nous n'avons pas vécu !

Février 1817.

TROIS ANGES.

« Qui donc, pauvres petits, sur le sentier étroit,
» Grelottant, presque nus, sous la bise et le froid,
» Seuls, à travers le deuil et la brume des landes,
» A cette heure où le givre attache ses guirlandes
» A l'arbre secouant leur mobile réseau,
» Où tout se tait, la voix, la pensée et l'oiseau ;
» Qui donc a pu, tous trois, si frêles et si blêmes,
» Vous livrer à la neige, à la nuit, à vous-mêmes ?
» Quelle mère a donc pu, par un si morne jour,
» Oublier la pitié, je ne dis pas l'amour ? »

L'aîné, que déchirait une douleur amère,
Lui répondit : « Hélas ! nous n'avons plus de mère ;
» Notre père est si pauvre ! il travaille, et le soir
» Quand il revient, bien las, auprès de nous s'asseoir,
» Si la flamme reluit dans l'âtre qui pétille,
» Son sourire est plus doux pour la triste famille,
» Et plus douce sa voix. C'est pourquoi nous allons
» Recueillir maintenant dans le creux des vallons,
» Le rameau desséché qui doit dans la chaumière
» Répandre un peu d'amour, de joie et de lumière. »

« Allez, » dit le vieillard, « allez, enfants pieux,
» Et que veillent sur vous tous les anges des cieux ! »

Il les vit s'enfoncer dans la plaine glacée ;
Il les suivit de l'œil, et puis de la pensée,
Priant pour ces petits qu'étreignait le frisson,
Disparus dans l'horreur de ce vide horizon !

Sa prière là-haut ne fut pas entendue.
La nuit régnait au loin sur la vague étendue ;
Le père était rentré sous le toit obscurci,
Le feu manquait hélas ! et les enfants aussi.

Frémissant de terreur, éperdu, hors d'haleine,
Il courut par la ville, il courut par la plaine ;
Ses lamentables cris interrogeaient les bois,
Et de longs hurlements répondaient à sa voix.

Et quand l'aurore vint, tous trois, au pied d'un arbre,
On les trouva gisants et froids comme le marbre ;
Leurs bras s'étaient unis pour le suprême adieu,
Et sur leur front glissait comme un rayon de Dieu.

L'aîné, doux protecteur de leur jeune faiblesse,
Pour sauver les petits de la bise qui blesse,
S'était de ses haillons vainement dépouillé,
Et la mort le surprit près d'eux agenouillé.

Oh ! ne les plaignons pas ces trois blanches victimes ;
La vie a tant d'écueils au bord de tant d'abîmes !
Et les pauvres, au bout de leur destin fatal,
Ont quelquefois le bagne et toujours l'hôpital ;
Ceux-ci, chastes et purs, ont traversé nos fanges ;
Des frères endormis la neige a fait des anges !

Février 1847.

EMILIA.

Un beau jour de printemps, frais comme l'espérance,
Aux souffles embaumés de la jeune saison,
Telle une fleur qui rompt les nœuds de sa cloison,
Sous un myrte odorant, aux portes de Florence,
Emilia naquit sans cris et sans souffrance;
Sa mère lui chanta sa plus vive chanson.

Naître ainsi le matin, naître, ou plutôt éclore,
Sous un ciel de rayons, d'ailes, de voix semé;
Recevoir, frêle enfant, le baiser de l'aurore,
Aux bords d'un clair ruisseau, dont le cristal se dore,
Quand tout chante, murmure, ou soupire, quand mai
Fait flotter dans les airs comme un voile embaumé;

Dans ce mois fécondant, plein d'un charme suprême,
Ouvrir l'âme à la vie et la paupière au jour,
Naître sur un chemin d'une pauvre Bohême,
Mais sentir sur son front glisser comme un baptême,
Venant, pur et béni, du céleste séjour,
Un souffle de printemps tout imprégné d'amour;

De ces accents confus, divin épithalame,
De ces tièdes soupirs s'exhalant à la fois

Des plaines, des vallons, des ondes et des bois,
Vase d'élection, s'emplir; faire à son âme
Une musique ailée, à son cœur une flamme,
Pour les répandre un jour par l'œil et par la voix;

Oh! c'était pour l'enfant, pur et charmant visage,
Dans le berceau de jonc, épanoui, vermeil,
Où venait se jouer un rayon de soleil,
C'était d'un beau destin l'harmonieux présage;
L'avenir souriant lui donnait comme un gage;
Dors en paix, belle enfant, ton suave sommeil!

Emilia grandit; la Zingara croît vite;
Sous les rudes hivers, sous les feux de l'été,
Folâtre voyageuse, incertaine du gîte,
Elle va sans souci; tout à croître l'invite,
Le soleil qui reluit sur sa jeune beauté,
Les champs et les épis, l'air et la liberté!

N'est-ce pas qu'il est doux, ma jeune fille brune,
D'effleurer, en courant, les pointes du buisson,
De plonger ses regards dans le libre horizon,
De bondir au soleil, de rêver, quand la lune
Monte au ciel bleu des nuits, et sans gêne importune,
D'attendre le matin sur un lit de gazon?

Il est doux, n'est-ce pas, selon sa fantaisie,
De vivre au jour le jour et d'aller au hasard,
De chanter dans la rue une chanson sans art,
De verser en tout lieu sa vive poésie,
Et de voir dans les rangs de la foule grossie,
Songer un beau jeune homme ou sourire un vieillard?

11

Cette vie en plein vent, libre, folle, éclatante,
Qui rit de nos douleurs et méprise nos biens,
Qui se jouant des lois échappe à tous les liens,
Au sein de la nature, elle est belle et me tente,
Et bien des fois mes yeux s'arrêtant sur leur tente,
Ont envié le sort des heureux Bohémiens !

Là, point de préjugés ; loin des routes battues
Chacun marche à sa guise, et chacun dit : je veux !
Là, belles d'abandon, les femmes mi-vêtues
Ont cette teinte d'or des antiques statues,
Et, parure charmante, objet de tous les vœux,
Les folâtres sequins sonnent dans leurs cheveux.

Mais ici quelque prude, au maintien formaliste,
S'écriera que je tourne à l'immoralité ;
Le reproche est sévère, et vraiment il m'attriste ;
Mais, madame, songez que votre cameriste
Peut trahir par mégarde, et sans malignité,
Le secret de votre âme... ou de votre beauté.

Elle peut en jaser avec quelque fillette,
La fillette avec moi ; je retiens la leçon ;
Dès lors je vous connais des pieds jusqu'à la tête ;
Et puis, vous le savez, la muse est indiscrète ;
Allons, vous rougissez d'une étrange façon,
Vous redoutez sans doute une comparaison

Avec ma Bohémienne. Enfin (tenez, madame,
Je m'explique avec vous en toute liberté),
Je confesse tout haut que j'adore la femme ;
Mais, que son œil soit doux ou pétillant de flamme,

J'ai besoin de la voir, pour croire à sa beauté,
Telle que le poète a peint la vérité.

Quoi qu'il en soit, madame, ou quoi qu'il en puisse être,
Mon héroïne était une blonde, à l'œil noir,
Gazouillant sa chanson du matin jusqu'au soir ;
Le monsignor lorgnant du haut de sa fenêtre,
En voyait juste assez sous la gaze apparaître
Pour deviner hélas ! ce qu'il ne pouvait voir.

Ainsi l'espiègle enfant, à travers l'Italie,
Allait comme l'oiseau dans l'azur éternel,
Promenant tour à tour sa joyeuse folie
De Venise muette à Rome ensevelie,
Prenant à toute chose ou son charme ou son miel,
A l'enfant le sourire, et l'espérance au ciel.

Pour l'entendre chanter la vive tarentelle,
A Naples, vers midi, quand le brûlant soleil
Faisait pleuvoir ses feux sur le golfe vermeil,
Les bruns Lazzaroni faisaient cercle autour d'elle,
Et charmés de la voir si légère et si belle,
Oubliaient de dormir leur bienheureux sommeil !

A Venise, le soir, quand les vertes gondoles,
Traçant un sillon d'or dans les canaux dormants,
Sous la blanche lagune, au gré des brises folles,
Eparpillaient dans l'air leurs mille banderolles,
Et berçaient sur les flots les beaux couples d'amants
Plongés dans le silence et les ravissements,

Si se montrant soudain sur la rive opposée,

Elle jetait aux flots, qui semblaient s'animer,
Sur le rhythme du cœur sa chanson cadencée ;
La barque mollement sur les vagues bercée,
S'arrêtait... les rameurs oubliaient de ramer,
La brise de gémir, et les amants d'aimer !

Douce comme un espoir, folle comme un caprice,
La vie était donc belle à cette enfant. L'oiseau
Ne chante pas plus gai sur le jeune arbrisseau ;
Franche nature ailée, âme pure et novice !
Son cœur se dérobait aux souillures du vice,
Comme sa robe blanche aux fanges du ruisseau !

Or, un soir qu'à minuit, dans sa chambre déserte,
Elle rêvait, le front incliné sur sa main,
Reportant tour à tour, par la fenêtre ouverte,
Son regard inquiet de la campagne verte
A ce dôme du ciel, à cet azur serein,
Des perles de la nuit éblouissant écrin ;

Tandis que vaguement inquiète, troublée,
Comme le jeune oiseau perdu dans la hauteur,
Qui pressent sous son nid un œil fascinateur,
Un reptile béant tapi sous la feuillée,
Elle allait et venait dans la chambre isolée,
Un visage apparut..... c'était le tentateur !

Celui-là n'était pas le prêtre que réclame
L'autel toujours fangeux de quelque impur Mammon,
De ces êtres pétris dans le plus vil limon,
Qui marchandant la vierge à la mère sans âme,

La jettent, sans rougir de leur trafic infâme,
Aux ulcérants baisers du lubrique démon!

Ce n'était pas non plus, brillant de poésie,
Noble front qu'ont pâli tant de désirs fiévreux,
Le radieux Don Juan, le sublime amoureux,
Ce martyr du caprice et de la fantaisie;
Qui venait demander, avide d'ambroisie,
A ces lèvres en fleur leurs baisers savoureux!

A cette heure paisible où le sommeil repose
Le corps du laboureur et l'esprit du savant,
Où le rêve léger sur le front blanc et rose
Appelle le rayon d'une âme à peine éclose,
Qui donc venait ainsi tenter la pauvre enfant,
Présenter à ses yeux le miroir décevant?

C'était un personnage, à face diaphane,
Anguleux et pointu, raide comme un jalon,
Un grand corps emmanché d'un col étroit et long,
L'antipode vivant d'une belle sultane,
Un monsieur qui dûment frotté de colophane,
Eût gémi sous l'archet ainsi qu'un violon!

Le squelette animé, sur une vieille chaise
S'assit, et la tenant pâle sous son regard,
Sous ce regard de plomb qui fatigue et qui pèse,
Il étendit les pieds et se mit à son aise;
Il lui parla long-temps, le vieux satan blafard;
Une heure après, l'enfant se livrait au vieillard!

Eh quoi! dira quelqu'un, à la froide momie

Tous ces charmants trésors de grâce et de beauté,
Cette fleur de jeunesse et de virginité !
Accouplement hideux ! dégoûtante infamie !
Le front resplendissant et la face blémie,
La colombe suave et le bouc empesté !

Per Baccho ! cher lecteur, la superbe homélie !
Mais vous allez trop loin, je ne dis point cela,
Et vous jugez fort mal du signor Garella,
Un digne homme après tout. Il courait l'Italie,
Cherchant dans le fumier la perle ensevelie,
Recrutant non pour lui, mais bien pour la Scala,

La Scala de Milan, cette scène sacrée,
Que remplit chaque soir ton souffle inspirateur,
Immortel Rossini, sublime créateur !
Où du *Saule* disant la romance éplorée,
Maria Malibran, pâle, désespérée,
Chantant avec la voix, pleurait avec le cœur !

La libre Zingara, de la foule adorée,
Déserte la nature et ses larges chemins,
Le triomphe éclatant sous la voûte azurée,
L'air pur et le soleil pour la cage dorée,
Elle qu'applaudissaient, de leurs robustes mains,
Les nerveux gondoliers et les pâtres romains !

La chanteuse sans nom, qui charmante et folâtre,
Allait glanant son pain et sa joie au hasard,
Que partout caressait le geste ou le regard,
La voilà qui s'élève aux pompes du théâtre,

De la borne lépreuse aux colonnes d'albâtre,
Des fanges de la rue aux merveilles de l'art!

Mais, dis-moi, pauvre enfant, sais-tu sur quelle cime
T'entraîne dans la nuit la voix du magicien?
Dans ce monde nouveau quel sort sera le tien?
Sais-tu sur quel penchant, sur quel profond abîme,
Pend ce sommet de l'art, rayonnant et sublime,
Simple et crédule enfant, réponds, le sais-tu bien?

Sais-tu ce qu'on hasarde à cette loterie,
Toi qu'effleure et qu'anime un souffle du matin?
Et ce qu'il faut livrer à l'aveugle destin
De foi pure, d'amour, de jeunesse fleurie,
Et de quels doux trésors l'âme hélas! appauvrie
Doit acheter l'espoir du triomphe incertain?

Il est beau, n'est-ce pas, de régner sur la scène,
Par la voix, par les yeux enflammés ou mourants,
Par les sanglots brisés, par les cris déchirants,
D'y faire déborder la passion humaine,
De mille seins gonflés, qui respirent à peine,
D'arracher à la fois les bravos délirants;

Il est beau de jeter, triomphante victime,
A la foule muette, où le verbe descend,
Son âme dans un mot, son cœur dans un accent,
De faire mille parts de sa pensée intime,
Et comme Christ, au jour de la Pâque sublime,
De dire à tous : prenez, c'est ma chair et mon sang!

Quel lustre! quel éclat répandu sur la vie!

Enivrer le jeune homme, enchanter le vieillard !
Par la perfection décourager l'envie,
Traduire chaque soir à la foule ravie
Les chefs-d'œuvre sacrés des pontifes de l'art,
Rajeunir Pergolèse, interpréter Mozart !

S'unir intimement à l'œuvre du génie,
La faire resplendir, la révéler à tous ;
Etre à la fois l'amour, la tristesse infinie,
La prière ineffable et l'extase bénie,
Quel rôle tout ensemble éblouissant et doux !
Ange, muse, beauté, je tombe à tes genoux !

Triste déception ! — Un beau fruit se colore
Sous les ardents baisers du soleil amoureux ;
Mais un ver lentement le ronge et le dévore ;
Ainsi de tout. L'esprit de purs rayons se dore ;
Mais sondez, mais fouillez les replis et les creux,
Il a son mal caché, le souci ténébreux !

Eh bien ! ma jeune fille, âme simple et candide,
Tu la devras subir cette loi de rigueur,
Et montant au zénith de la gloire splendide,
Tu sentiras toujours, hôte sombre et perfide,
Ramper dans ton esprit ou vivre dans ton cœur
Le ver silencieux, l'implacable rongeur !

A l'heure, où par degrés s'abaissant vers la terre,
Brodé d'étoiles d'or, le doux voile des nuits
Enveloppe les cieux, quand se taisent nos bruits,
Quand l'âme que remplit le trouble ou le mystère,

Cherchant l'ombre discrète et le bord solitaire,
A besoin d'épancher sa joie ou ses ennuis,

De rêver, de prier, d'élever sa souffrance
Vers ces mondes lointains, vers ces globes de feu,
Où semble scintiller un sourire de Dieu,
Où monte la douleur, d'où revient l'espérance,
Il te faudra, du sein du rêve et du silence,
Retomber dans la foule, étourdissant milieu ;

Il te faudra chanter, il te faudra sourire ;
Car le public est là, ce despote exigeant,
Toujours capricieux, et jamais indulgent ;
On digère si bien aux accords de la lyre !
Allons, des cris, des pleurs, des sanglots, du délire,
De l'art à ces repus, ils donnent leur argent !

Fais flamboyer ton œil, vibrer ta voix, ô muse !
Qu'importe que ton sein râle ou soit transpercé ?
Debout, plâtre ton front de rouge et de céruse,
Farde ton âme ! il faut que la foule s'amuse,
Et jusques à minuit, ange martyrisé,
Chante pour les heureux, chante, le cœur brisé !

Mais surtout file bien la note et la roulade ;
Car, là bas, vois-tu bien, muette, l'œil ardent,
Dans ce recoin obscur, la jalousie attend
Avec l'orgueil blessé, son éternel Pylade ;
Ah ! ton cœur est saignant et ton âme est malade !
Gare le rire amer et le sifflet strident !

Voilà votre puissance, et voilà votre empire,

Reines des belles nuits, des chants mélodieux !
L'angoisse dans vos cœurs, sur vos fronts le sourire ;
Le triomphe payé d'un douloureux martyre,
La haine s'acharnant sur vos jours glorieux,
Puis le dernier affront, l'oubli silencieux !

O Malibran, Falcon, Sontag, vous les divines,
Dont la voix nous berçait dans un monde enchanté,
La couronne de fleurs eut pour vous ces épines ;
De la scène et de l'art, brillantes héroïnes,
De vos chants, de vos pleurs, de vous qu'est-il resté ?
— A peine un souvenir de grâce et de beauté.

Où tend, dira quelqu'un, cette belle élégie ?
Lecteur, je vous y prends, vos yeux sont assoupis,
Et vous baillez, le corps et l'âme en léthargie,
Comme l'on baillera certe à l'académie,
Le jour où le public tombant de mal en pis,
Ouïra monsieur Vatout louer monsieur Empis.

J'abuse, n'est-ce pas, de votre patience,
Chier et benoît lecteur, comme eût dit autrefois
Ce coquin de Villon en bon et franc gaulois ;
Mesdames et messieurs, je fais ma révérence,
Et sûr de vos bontés et de votre indulgence,
Je reprends mon récit tout de bon, cette fois.

Deux ans, hélas! deux ans, ma chanteuse sauvage,
Recluse, interceptée en son brillant essor,
Pour elle et pour le monde enfouit son trésor.
A tous les yeux ravi l'oiseau fut mis en cage;
Adieu les francs ébats, adieu le vert bocage
Inondé de parfums, criblé de rayons d'or.

Il lui fallut quitter, triste et morne captive,
Sa robe de clinquant, dépouiller son bonheur,
Désapprendre le rire et la grâce naïve,
Tirer de son gosier la note maladive,
Elle qui dans ses jours d'éclat et de vigueur,
Pour le lazzarone la tirait de son cœur!

A toute heure par l'art gênée ou combattue,
La nature céda; rien ne fut préservé;
De splendides habits elle fut revêtue;
Elle eut la dignité d'une froide statue;
Puis, le miracle fait, le chef-d'œuvre achevé,
Sur la prima dona le rideau fut levé.

C'était un soir de mai. Les brises sur leurs ailes
Dispersaient les parfums de la terre et des eaux;
Partout des chants, des voix, des murmures d'oiseaux;
La volupté jasait au nid des hirondelles,
Et les couples errant sous les abris fidèles
Recommençaient sans fin l'heure des jours nouveaux!

Heure de molle extase et de langueur divine,
Souffles, senteurs, soupirs, tièdes enchantements,
Aiguillons embrasés, caresses du printemps!
Emilia sentait se gonfler sa poitrine;

Et tandis que son front nonchalamment s'incline,
L'amour mystérieux parlait à ses vingt ans !

Quand l'arrachant soudain à l'ineffable rêve,
A ce monde entrevu dans un ciel éclatant,
Une voix qui sifflait dans un fausset strident,
Pénétra dans son cœur, aussi froide qu'un glaive :
« Allons, debout, il faut que la toile se lève,
» Monseigneur est assis, et le public attend ! »

Et pâle sous les fleurs, la victime entraînée
Apparut sur la scène, et son œil sans regard
Flottait comme ébloui d'un lumineux brouillard ;
C'était son jour de deuil ou son jour d'hyménée,
Cette heure contenait toute sa destinée,
La chute dans la honte ou la gloire dans l'art !

Mais soudain son œil voit, sa prunelle s'enflamme ;
Tout son être frémit de saints tressaillements ;
Le luth des premiers jours s'éveille dans son âme,
Elle chante, et la muse illumine la femme,
Et le théâtre ému du cintre aux fondements,
Semble crouler au bruit des applaudissements !

Mille odorants bouquets lui pleuvent sur la tête,
Camélias, jasmins, roses, lilas, œillets ;
Ce sont des cris, des pleurs, du délire ; un poète
Ecrit quatre sonnets pour elle ; et deux Anglais
Lui proposent, jaloux d'une telle conquête,
L'un, deux blanches villas, et l'autre, deux palais.

Un peintre, qui n'avait pour tout bien en ce monde

Que beaucoup d'espérance et quelque peu d'esprit,
Dont le cœur était d'or, dont l'âme était profonde,
Pure comme le ciel et claire comme l'onde,
Un enfant, bien enfant, qui pleure et qui sourit,
La vit, et tout entier du regard il s'offrit!

Il s'offrit sans partage, âme, cœur et pensée,
Il avait soif d'amour et de baisers de feu;
Et dans les chauds transports d'une fièvre insensée,
Pour un mot, pour un rien, pour une heure passée
Près d'elle, à regarder le ciel tranquille et bleu,
Il eût donné son âme, il eût renié Dieu!

Oh! le premier amour si naïf, si crédule,
Plus doux qu'un chant d'oiseau qui bénit le printemps,
Sève de la jeunesse et des jours palpitants!
Flamme, souffle divin, qui dans l'être circule,
Long soupir que la brise à la feuille module,
Parfum des tièdes nuits, voix des rameaux chantants!

Désir mystérieux! muette rêverie!
Vague aspiration vers un astre qui luit,
Vers un ange adoré, vers un bonheur qui fuit!
Premier éveil d'une âme embrasée et fleurie,
Qui, cherchant dans une autre un ciel, une patrie,
S'épanouit au jour et se plaint à la nuit!

Fraîche émanation, charme qui se compose
D'innocence, de foi, d'extase et de candeur!
Musique! chant sacré qui berce et qui repose!
Est-il, ô beaux enfants, ici bas quelque chose

12

Plus vrai, plus rayonnant de grâce et de splendeur,
Que le premier amour qui fleurit dans le cœur!

Qui donc n'a pas vécu de ce brûlant délire,
De la manne céleste et du souffle embaumé?
Quel cœur n'a pas saigné de ce divin martyre?
Et quel vieillard branlant et morne oserait dire,
En respirant le soir les doux parfums de mai :
« Je n'ai jamais senti, je n'ai jamais aimé! »

Quoi qu'il en soit, Marco, le rêveur solitaire,
Aima de cet amour profond, silencieux,
Que révèle une larme, un éclair dans les yeux,
N'ayant pour confidents de ce tendre mystère,
Que son cœur vierge encor des fanges de la terre,
Que l'écho dans les bois, les anges dans les cieux!

On le voyait errer aux abords du théâtre,
Sous les feux de midi, dans les brumes du soir;
Tapi contre le mur, s'il pouvait entrevoir
La sublime diva que la foule idolâtre,
Plus heureux que le fils d'un roi, le fils du pâtre
Emportait dans son cœur tout un monde d'espoir!

Oh! ne le raillez pas cet amour si risible!
Cet enfant si naïf, si crédule à son vœu,
Qu'il soit heureux. — L'espoir, c'est l'échelle invisible,
C'est le céleste pont qui franchit l'impossible,
C'est l'élément divin, c'est le souffle de feu
Qui porte l'âme à l'âme, et la prière à Dieu!

Hôtes charmants et purs de la saison dorée,

Qui nous ouvrez l'espace et les champs infinis,
Qui mettez dans nos bras une image sacrée,
L'ami que l'on regrette ou la femme adorée,
Espoir! illusion! soyez, soyez bénis,
Hôtes des jours heureux, anges des belles nuits!

Marco vivait ainsi. Ni le rameau fidèle
Où chante la fauvette et que berce le vent,
Ni le nid amoureux que suspend l'hirondelle,
Ne versent le matin, sous la voûte éternelle,
Un hymne plus joyeux, plus doux et plus fervent
Que la pauvre mansarde où rêvait cet enfant!

Oui, bien pauvre et bien nue hélas! — mais si tranquille!
Une chaise, une couche, un vieux livre adoré;
La chaise était boiteuse et le lit délabré;
Mais le livre toujours ouvert, c'était Virgile,
Virgile qui jetait dans ce modeste asile
Sa grâce rayonnante et son charme inspiré.

Là, quand le jour baissait, quand les nocturnes brises
Jouaient avec la nue et balayaient les cieux,
Il dévorait le livre et de l'âme et des yeux;
Et dans le crépuscule, aux lueurs indécises,
Il trouvait à ces vers des senteurs plus exquises
Ou des sens plus rêveurs et plus mystérieux!

Les jours se succédaient; dans cette humble retraite
Tout rayonnait de calme et de sérénité;
Nul trouble, nul remords dans cette âme discrète;
Admirable rêveur, insoucieux poète,

Sublime de candeur et de crédulité,
Quand le pain lui manquait, vivant de liberté !

Et la diva ? — mon Dieu ! (mais de grâce, madame,
Ménagez vos hélas, ou bien étouffez-les),
Elle accueillit fort bien l'offre des deux Anglais ;
La diva se vendit, et sans remords dans l'âme,
Elle reçut le prix de son commerce infâme,
D'abord les deux villas, et puis les deux palais !

Quelques-uns même ont dit, en commentant l'histoire,
Qu'elle fut à tous deux, à tous deux à la fois ;
D'autres, plus enragés, allaient jusques à trois.
Trois à la fois ! morbleu ! je refuse d'y croire,
La chose me paraît trop absurde ou trop noire ;
Madame, protestez ou soutenez vos droits.

Puis vint un camérier, à face maigre et jaune,
Qui, jaloux de lui plaire en ménageant son bien,
L'orna, dit-on, aux frais de plus d'une madone ;
Puis un lord irlandais, *a tall, splenetic one,*
Qui se trouva guéri le jour qu'il n'eut plus rien ;
Enfin, ô décadence, un major autrichien !

Un vieux reître brutal qui, le soir toujours ivre,
Grognait à ses côtés du soir au lendemain. —
Répondez maintenant, maîtres dans l'art de vivre,
Œdipes qui lisez aux pages du grand livre,
Vous tous qui disséquez, le scalpel à la main,
Ce problème vivant qu'on nomme cœur humain !

Donnez-moi donc le mot de ce mystère étrange !

Une enfant qui souvent avait froid, avait faim,
Seule, pauvre, sans mère, une Bohême enfin,
Passe, court à travers nos sentiers pleins de fange,
Fière comme une reine et pure comme un ange;
Son aspect réjouit le chaste séraphin !

Et voilà qu'un beau jour cette femme inconnue
Qui chantait pour la foule, à toute heure, en plein vent,
Se transforme... elle a bu le poison énervant.....
Alors plus de pudeur et plus de retenue ;
La grâce décorait la chanteuse ingénue ;
Mais la prima dona rayonne... elle se vend !

Eh bien ! vous vous taisez, ô sages au front blême,
Mages, savants, docteurs, tous vains, tous impuissants;
Votre science hésite en face du problème,
Et ne sachant sur quoi fulminer l'anathème,
Sophistes, vous jetez ces mots retentissants :
Corruption du cœur, corruption des sens !

Eh quoi ! ce petit grain de sable vous arrête,
Vous dont les yeux se sont fatigués et ternis
A lire nuit et jour dans les cieux infinis !
Ecoutez donc le mot du plus humble poète,
Qui juge avec le cœur bien plus qu'avec la tête;
Les poètes parfois sont des sages bénis.

La diva sans remords foule aux pieds la couronne,
Où brillaient, répandant une céleste odeur,
La jeunesse, la foi, l'amour et la candeur;
Femme impure et flétrie, elle règne, elle trône,

De dons prestigieux le luxe l'environne,
Couvrant une souillure avec une splendeur !

Sous l'ombre empoisonnée elle s'est endormie ;
Dans son cœur désormais le bon ange s'est tû ;
Qu'importent son œil morne et son geste abattu,
Sa démarche traînante et sa face blêmie ?
Le rubis sur son front étoile l'infamie ;
Pour le monde un rubis vaut bien une vertu !

Mais l'orpheline en pleurs, et que rien ne protége,
Mais l'enfant que poursuit le démon tentateur
Avec le mot mielleux ou l'or fascinateur,
Cette vierge, à l'œil bleu, plus pure que la neige,
Cœur timide et tremblant, que Lovelace assiége,
Lovelace tantôt hardi, tantôt flatteur ;

Oui, cette enfant qui n'a ni pain, ni toit, ni mère,
Seule contre la faim, la nuit, l'isolement,
Elle lutte, elle pleure, elle se désespère...
Elle accepte la vie aride, nue, amère,
Pour sauver de son front le suave ornement,
Sa vertu, son joyau, son divin diamant !

C'est qu'une fois hélas ! frêle et simple parure,
Une fois le joyau détaché de son front,
D'impitoyables voix partout la honniront ;
On la rejettera comme une chose impure,
Et des lâches viendront cracher sur sa blessure,
Cracher, en se jouant, l'ironie et l'affront !

Oh ! le sang allumé dans mes tempes bourdonne !

Préjugé monstrueux! anathème aggravant,
Qui tombe sans pitié sur une pauvre enfant!
Code qui sans justice ou flétrit ou pardonne!
Le monde foule aux pieds la femme qui se donne!
Il adore à genoux la femme qui se vend!

Emilia, dix ans, haletante, égarée,
Vécut dans une orgie et dans un tourbillon;
Chaque jour dans son œil éteignait un rayon;
Sa jeunesse en sa fleur fut bientôt dévorée;
Et toujours plus fébrile et plus désespérée,
Elle sentait en elle un nouvel aiguillon!

Je ne sais quel besoin, je ne sais quelle envie
De tout envelopper, de tout anéantir,
De vider d'un seul trait la coupe de la vie;
Ardeur inexorable et jamais assouvie!
Elle eût voulu, trompant l'âge et le repentir,
Etreindre dans ses bras le monde... et puis mourir!

Dérision cruelle! en vain la courtisane
Ruine vingt amants, dessèche dans sa fleur
L'adolescent paré de grâce et de pâleur;
Le beau front languissant sous les baisers se fane,
Et rien n'apaise, au sein des nuits qu'elle profane,
L'inextinguible soif qui brûle dans son cœur!

C'est qu'elle ne vient plus, solitaire et pensive,
Idole descendant de son fragile autel,
Rêver au fond des bois en regardant le ciel;
C'est que toujours sa lèvre, ardente et convulsive,

S'agite, conservant la saveur corrosive
De la bouche brutale et du baiser charnel.

C'est qu'elle ne sait pas que dans l'ombre il existe
Un amour chaste et pur, de candeur revêtu;
C'est qu'elle n'a jamais souffert ni combattu,
Et qu'elle ignore hélas! dans son culte égoïste,
La puissance du cœur, ce divin alchimiste,
Qui change un vil penchant en céleste vertu!

Cependant l'âge vient; tout se fane autour d'elle,
Illusion, beauté, fleurs d'un jour, vain trésor;
Elle a tout gaspillé sa jeunesse et son or;
Son dernier protecteur s'est brûlé la cervelle,
Et sur ce front souillé qu'en vain l'art renouvelle,
Une tache de sang miroite, fraîche encor.

Elle n'a plus de vie à verser sur un drame,
Plus de sève brûlante et d'inspiration;
Ils ne sont plus ces jours de sainte émotion,
Où son chant virginal fait de souffle et de flamme,
Jetait dans chaque note une plainte de l'âme,
Un élan de prière, un cri de passion!

Sa voix même, jadis harmonieuse lyre,
N'est plus qu'un instrument usé, faussé, vieilli;
L'astre de ses beaux jours sur la scène a pâli;
Pour elle a commencé le douloureux martyre;
Reine encor, mais régnant sur un muet empire,
Elle sent qu'elle va du silence à l'oubli.

Son heure était venue. — Un triste soir d'automne,

Tandis qu'un vent glacé gémissait dans les cieux,
Desdemona chantait. Nul rayon dans ses yeux ;
Sa poitrine exhalait un râle monotone ;
Nul d'un regard ami ne lui faisait l'aumône,
L'auditoire était froid, distrait, silencieux.

L'ennui bâillait ; la salle éclatante et sonore
Ne lui renvoyait plus l'écho de cette voix
Qu'applaudissaient jadis les princes et les rois ;
Et quand elle râla sous la griffe du More,
Un mot perça ce cœur qui s'abusait encore :
« Desdemona, tu meurs tout de bon, cette fois. »

La toile retomba. Son œuvre était finie.
Le rideau lentement sur sa chute abaissé
Enveloppait d'oubli son lumineux passé.
De la gloire et de l'art insultante ironie !
Il ne restait plus là qu'une femme honnie,
Une ombre vaine, un luth à tout jamais brisé.

Par des indifférents elle fut déposée
Dans sa loge, naguère éblouissant boudoir,
Où mille amants rivaux s'empressaient chaque soir.
Long-temps elle resta pâle, inerte, glacée,
Et quand elle sentit renaître sa pensée,
Un jeune homme était là qui rayonnait d'espoir !

Un inconnu penché saintement sur sa couche,
Un front noble et puissant, mais ridé, mais pâli,
Que l'angoisse et le deuil plus que l'âge ont vieilli ;
Avec ce doux accent qui pénètre et qui touche,

Il lui parlait tout bas, le sourire à la bouche,
Sublime d'abandon, de foi sainte... d'oubli !

En vain elle voulut lui révéler son âme,
Lui redire ces nuits où, folle d'impudeur,
Elle avait tout souillé, jeunesse, amour, bonheur.
Lui la couvrant soudain d'un long regard de flamme :
« Pas de confession ! grâce ! pitié ! madame !
» Vous êtes belle encor et chaste dans mon cœur ! »

Le lendemain, quand l'aube, aux lueurs incertaines,
Dora les monts neigeux qui fermaient l'horizon,
Pareils à deux captifs échappés de prison,
Ils bondirent joyeux par les bois et les plaines,
Confondant leurs soupirs et mêlant leurs haleines,
Des hameaux redisant la naïve chanson.

Loin des regards du monde, un vallon solitaire
Leur offrit sous le chaume un calme et doux abri.
Là, se régénérant dans le devoir austère,
Emilia vécut de paix et de mystère ;
L'amour vint ranimer ce visage flétri ;
Dans la mère bientôt la femme eut refleuri !

Août 1817.

RÉPONSE A M. EDM. L.....

Si j'étais sous l'azur de la voûte éternelle
    La joyeuse hirondelle,
Si j'étais le nuage onduleux et mouvant
    Que promène le vent,
Si j'étais dans les bois, sous la fraîche verdure,
    La brise qui murmure,
Si j'étais quelque esprit des ondes ou de l'air,
    Par un soir doux et clair,
Quand la nature calme ou se tait ou respire,
    Quand toute âme soupire,
Franchissant les coteaux, les plaines, les forêts
    Et les fleuves, j'irais,
Hôte mystérieux, dans leurs douces retraites,
    Visiter les poètes,
Et comme un vieil ami, qui vient avec le soir,
    A leurs côtés m'asseoir,
Pour leur dire tout bas ce que dit l'hirondelle
    A son abri fidèle,
Ce que dit le nuage au nuage doré,
    Dans le ciel azuré,
Ce que dit, en passant, dans sa note indécise,
    A la feuille la brise,

Ce que dit l'heureux sylphe, aux changeantes couleurs,
    Aux calices des fleurs,
Tout ce que dit enfin, dans sa langue sacrée,
    L'âme à l'âme enivrée!

                           Août 1847.

A RICHARD COBDEN.

Bien long-temps, ô Cobden, ma muse populaire
Au seul nom de l'Anglais a frémi de colère;
C'est que j'avais, enfant, dans nos vieux chroniqueurs,
Appris à détester nos insolents vainqueurs.
Ma haine allait, vivace et toujours en haleine,
Du bûcher de Rouen au roc de Sainte-Hélène,
Et l'œil toujours fixé sur un sombre tableau,
En songeant à Crécy maudissait Waterloo!
J'évoquais dans la nuit des figures sinistres,
Vos lords froids et hautains, vos ténébreux ministres,
Si bien que tout anglais, suant la trahison,
Etait pour moi Bedford, Castelreagh ou Hudson!

Eh bien! pensée ardente, inépuisable, amère,
Haine qui m'a saisi presque au sein de ma mère,
Luttes, combats sans fin, prodigieux efforts,
Les vainqueurs, les vaincus, les bourreaux et les morts,
Sénat de juges noirs qui, dans un but infâme,
Avant de la tuer déshonoraient la femme,
Souvenirs dont mon cœur était comme lié,
Je le jure, ô Cobden, moi, j'ai tout oublié!

C'est qu'au loin sur les flots où se trame la brume,

13

Une lueur soudain monte, un phare s'allume ;
C'est qu'on entend passer là bas où Manchester,
Cyclope monstrueux, bat et pétrit le fer,
On entend retentir jusqu'au fond des vallées,
Une voix qui promet aux masses désolées,
Dans l'abîme où la faim délirante hurlait,
Du pain au travailleur, à la mère du lait !
Elle s'est donc émue ? elle a donc des entrailles ?
Ceinte de ses écueils, gigantesques murailles,
Ruche immense, atelier toujours fumant, toujours
Plein de râles profonds et de tumultes sourds,
Haut comptoir surmonté d'une aristocratie,
Mystérieux, obscur, qui recèle, abrutie,
Une race de serfs, de la chair à canon,
Un amas de douleurs et de vices sans nom,
Un peuple sépulcral rongé d'un double ulcère,
Le cœur de désespoir, et le corps de misère,
L'Angleterre ! — elle a donc voulu comprendre enfin
Le cri de la raison... ou celui de la faim !
Qui donc a pu toucher la marchande jalouse,
La Carthage du Nord, dont la mer est l'épouse ?
Qui donc a su fléchir l'orgueil des lords caducs,
Ces chasseurs de renards, ces comtes et ces ducs,
Qui disaient, se jouant de la nature humaine,
Le domaine est à nous, le serf est au domaine !
O prodige ! l'esprit d'en haut a visité
Les bibliques Shylocks de la noire cité,
Trafiquants dont le cœur est un schelling, et l'âme
Je ne sais quoi d'épais sans rayon et sans flamme !
Tout s'est ému soudain et tout a tressailli
Des rochers de Fingal jusqu'à Piccadilly,
Le laboureur pensif courbé sur la charrue,

Le dandy de son luxe éblouissant la rue,
Le penseur dans son puits, et le prêtre au saint lieu ;
Et voilà que debout, marchant au nom de Dieu,
De ces nouveaux croisés la ligue fraternelle
Arbore du droit saint la bannière éternelle,
Et pour les travailleurs, couchés sur le sapin,
Réclame hautement la franchise du pain,
La liberté de vivre hélas ! anéantie
Par le hideux calcul d'une aristocratie !

Grâces à toi, Cobden, il est conquis enfin
Le bill réparateur qui supprime la faim ;
Ton souffle a fait sauter, aussi bien qu'une mine,
La loi qui décrétait le deuil et la famine,
Code infâme, hideux, sans pitié, sans remords,
Conçu par des démons et voté par des lords !
Que béni soit ton nom, ô tribun populaire !
Que ton œuvre accomplie ait pour prix et salaire
Les acclamations, l'amour du genre humain,
Aujourd'hui le triomphe, et la gloire demain !
Que partout sur tes pas, devant ta face élue,
La foule à larges flots se presse et te salue !
Que les vierges vers toi viennent avec des fleurs,
L'enfant avec des chants, la mère avec des pleurs,
Agitateur puissant qui du cercueil avare,
Comme Christ autrefois, as fait bondir Lazare !
Va ! sublime instrument entre les mains de Dieu,
Œil ardent qu'effleura la vision de feu,
Ame où Mirabeau gronde, où saint Vincent respire,
Ange envoyé du ciel pour sauver un empire,
Prophète dont la main fait écrire à l'éclair
De symboliques mots qui se croisant dans l'air,

Glacent les conviés de la fête sonore,
Précurseur d'une idée et rayon d'une aurore,
Dans les desseins de Dieu marche, aveugle ou voyant,
Le front illuminé d'un signe flamboyant,
Vers l'accomplissement de cette prophétie
Qui promet l'avenir à la démocratie !

Qu'importe que la fin soit obscure à tes yeux ?
Eh quoi ! savaient-ils donc, ces tribuns glorieux,
Quand au bruit du canon qui broyait la Bastille,
Représentants groupés de la grande famille,
De la jeune patrie ils élevaient l'autel,
Et juraient, le front nu, leur serment immortel,
Dans cette nuit ardente et d'extase inondée,
Savaient-ils ce que Dieu gardait à leur idée ?
Citoyens ignorés, avaient-ils autour d'eux,
Pour veiller sur leur vie en ces jours hasardeux,
Des protecteurs armés, des bataillons fidèles,
Des postes s'éveillant au cri des sentinelles,
Des gardes, des canons semant au loin l'effroi ?...
Avaient-ils le pouvoir ? — non, ils avaient la foi !

                              Septembre 1847.

A DEUX OSSALOISES

QUI S'EN ALLAIENT DANSER AUX EAUX-CHAUDES.

Par les ravins et les bois
    Pleins de voix,
Courez, ô mes toutes belles ;
Qui donc pourrait vous saisir ?
    Le plaisir
Attache à vos pieds des ailes.

Riez bien et riez fort
    Sans effort,
Bannissez tout soin morose ;
Il faut l'étoile à l'azur
    D'un ciel pur,
Le rire aux lèvres de rose !

Glanez aux bords du chemin ,
    Et la main
De blanches fleurs toute pleine,
Courez, et que vos chansons,
    Aux doux sons,
Charment l'écho de la plaine !

Fuyez, minois agaçants,
　　　Caressants,
Qui mettez en nous des flammes ;
Pour une heure, fins jupons,
　　　Yeux fripons,
Vous nous avez pris nos âmes !

Hâtez-vous, charmantes sœurs,
　　　Les danseurs
S'impatientent sans doute ;
Allez, enfants, raillez-nous,
　　　C'est si doux
De rire ou chanter en route !

Mais songez-y bien ; le soir,
　　　S'il fait noir,
Si la ronde est animée,
Si la flûte a des accents
　　　Languissants,
Si la brise est embaumée ;

Les danseurs, je vous le dis,
　　　Sont hardis ;
Mais vous, folles et gentilles,
Vous rirez dans ces ébats,
　　　N'est-ce pas ?
Tant vous êtes bonnes filles !

Puis quand minuit tintera,
　　　Gémira,
Vous aurez peur sans le dire ;

Et devinant vos frissons,
        Deux garçons
S'offriront pour vous conduire.

Et par les sentiers douteux,
        Avec eux
Vous irez... où? — Je l'ignore.
Vous ne trouverez enfin
        Le chemin
Qu'un instant avant l'aurore.

Septembre 1848.

LE PONT D'ESPAGNE (CAUTERETS.)

Entre des blocs géants, rapide, échevelé,
Le torrent court, bondit; tout à coup étranglé,
Dans son étroit canal il se presse, il s'entasse;
Et s'écroulant enfin, l'épouvantable masse
Rebondit sur le roc et jaillit dans les airs
En vapeurs, en flocons, en gerbes, en éclairs!
Et puis se relevant pour retomber encore,
D'un effroyable bond la cascade sonore
S'élance, et sous nos pieds, dans le gouffre aboyant,
Parmi les rocs blanchis se plonge en tournoyant!
Dans sa chute, brisant le son et la lumière,
L'onde devient écume, et l'écume poussière!
Des murmures profonds, lugubres, inégaux,
Roulent, roulent sans fin dans cet enfer des eaux,
Et semblent, dominant un formidable orchestre,
Lancer au ciel les bruits d'un tonnerre terrestre!
Le roc tremble; le vent siffle; et dans ce chaos,
Dans cet écroulement de vagues et de flots,
L'abîme sous les pieds, l'abîme sur la tête,
Le visage saignant du fouet de la tempête,
Assourdi de fracas, ébloui de vapeur,
Pâle, glacé, muet et fixe de stupeur,
L'homme qui sent monter l'haleine du vertige,

Frissonne, plus chétif, plus tremblant que la tige
Qui se balance au vent des eaux ; et fait petit
Par cette onde en fureur qui croule et s'engloutit,
Il regarde sans voir et murmure : « Que suis-je
» De plus que ce flocon qui passe et qui voltige ?
» Et pèserais-je plus, moi pensant et vivant,
» Au tourbillon roulé par le gouffre mouvant,
» Que l'aride rameau tombé de la broussaille,
» Que la mousse, la plume ou que le brin de paille ! »

Octobre 1818.

TERRA PRÆGNANS.

Le printemps embaumé, plein de chauds aiguillons,
Du ciel au fond des mers embrase la nature;
Tout s'anime, fleurit, palpite, éclot, murmure,
Les ailes dans les nids, l'herbe dans les sillons;

L'air s'emplit de parfums et d'émanations,
Et sous le calme éther, lumineuse tenture,
La terre, dénouant sa magique ceinture,
S'offre ardente aux baisers des vents et des rayons!

Des sables du rivage aux cendres du cratère,
Toute chose accomplit un suave mystère,
D'harmonieux soupirs entrecoupent les voix.....

Ainsi quand tout s'attire en la saison nouvelle,
Pourquoi m'en vais-je seul, et sans que rien m'appelle?
— C'est que notre âme hélas! ne fleurit qu'une fois.

Mai 1849.

L'ART.

Os magna soniturum.

L'un, comme Phidias, de sa puissante main
Pétrit, en se jouant, le marbre qui s'anime;
L'autre, dans les replis du sombre cœur humain,
Saisit le sentiment et la pensée intime!

De la terre et du ciel rêvant l'auguste hymen,
Celui-ci monte et plane au dessus de l'abîme,
Et d'un lointain sommet jette son chant sublime
Aux peuples en travail, aux tribus en chemin!

Là, sur l'aile des sons fuit une âme ravie;
Là, s'éclaire une toile où palpite la vie;
Ici, dans l'air ému frémissent les beaux vers;

Et formes, voix, couleurs, réalité, prestige,
C'est l'art doux et fécond, c'est l'art un et divers;
Un tronc, mille rameaux; mille fleurs, une tige!

Juin 1849.

MICHEL-ANGE.

O fier Buonarotti, toi l'artiste géant,
Calme et puissant esprit, haute et fière nature,
Toi, dont l'âme rendait un plus profond murmure
Que sous le vent d'hiver les bois ou l'Océan ;

Toi qui toujours penché sur l'abîme béant,
En tirais, marbre ou vers, ta puissante sculpture,
Et la jetais de loin à la race future,
Par dessus tes rivaux couchés dans leur néant !

Roi, pontife de l'art dont les œuvres austères
Venaient, pleines d'éclairs ou de sombres mystères,
Se ranger à ta voix dans un cercle divin ;

Le jour où sur un marbre empli de tes pensées,
Tes mains, tes fortes mains, s'arrêtèrent lassées,
N'as-tu pas dit aussi, vieux maître : tout est vain !

Août 1849.

A MADEMOISELLE A. F........

SUR DES VERS DÉPOSÉS AU PIC DU MIDI PAR UN JOUR DE SOLEIL,
ET RETROUVÉS UN AN APRÈS PAR UN JOUR DE BRUME.

De ce jour, dites-moi, vous souvient-il encor,
Où l'éther calme et pur, criblé de rayons d'or,
    Sur nous, comme un dôme splendide,
S'arrondissait au loin, où dans un ciel brûlant,
Géant dominateur, le pic étincelant
    Dressait sa haute pyramide?

Notre œil qui vers le nord s'égarait incertain,
Ou plongeait, éperdu, dans un vague lointain,
    Au fond de l'horizon bleuâtre,
Rencontrait au midi cet immense delta
Qui, du fier Vignemale à la Maladetta,
    Surgit en large amphithéâtre;

Superbe entassement qui menace les cieux,
Prodigieux sommets, cirque silencieux
    Dont les gradins sont des montagnes,
Où brillant au soleil comme un miroir d'acier,
Incrusté dans le roc, l'immuable glacier
    Verse les fleuves aux campagnes!

Inaccessibles tours où l'aigle fait son nid,

14

Qui jettent à travers le marbre et le granit
    Au loin leurs racines profondes ;
Remparts démesurés bâtis par des Titans,
Eternel boulevard qui sépara long-temps
    Deux peuples, deux races, deux mondes !

Tout brillait. L'aigle-roi, dans cet azur vermeil,
Défiait en passant ou l'homme ou le soleil ;
    Nul bruit, nulle voix dans l'espace ;
L'abîme sous nos pieds, l'infini sur nos fronts ;
Nous étions là, chétifs et grêles moucherons,
    Sur un sommet où tout s'efface !

Nous étions là, perdus dans toutes ces grandeurs,
Devant ces fiers géants couronnés de splendeurs,
    Ceints d'éblouissants diadèmes ;
Et si n'eussent été vos purs et doux regards,
Nous eussions oublié nos villes et nos arts,
    Le temps, et le monde, et nous-mêmes !

Mais vous étiez là, vous, bel ange protecteur,
Debout pour conjurer l'esprit fascinateur,
    (Les esprits ont peur du sourire),
Pour détourner nos yeux des abîmes ouverts,
Pour enchanter nos cœurs, pour me dicter des vers....
    Moi, j'étais là pour les écrire !

Pauvres vers que traçait un lambeau de crayon,
Mais que trempait votre œil d'un splendide rayon ;
    Sous la pierre nous les cachâmes...
Rien de l'abri discret n'a pu les détacher,
Ils sont demeurés là, fidèles au rocher,
    Comme à vous nos cœurs et nos âmes !

Nous les avons trouvés là haut, comme ces fleurs,
A la tige tremblante, aux timides couleurs,
    Qui se nichent dans la crevasse ;
Et loin de nos rumeurs, sur ce roc âpre et nu,
En relisant ces vers, il nous est revenu
    Comme un parfum de votre grâce !

Oh ! retrouver aux bords de son triste chemin,
Quand on est bien lassé de ce tumulte humain
    Qui nous emporte et nous enivre,
D'un rêve ou d'un amour retrouver un lambeau,
C'est de nos jours éteints rallumer le flambeau,
    Se ressouvenir, c'est revivre !

C'est réchauffer l'hiver au soleil du printemps,
C'est ressaisir au vol les rapides instants
    Que le sort jaloux nous envie,
Et, comme aux bords des flots les touffes d'églantiers,
Qui voilaient de Pœstum les odorants sentiers,
    C'est fleurir deux fois dans la vie !

Ainsi, sous un ciel bas de rayons appauvri,
Sur un sommet glacé nous avons refleuri
    En retrouvant cette humble page,
Où coulèrent mes vers, où votre nom tracé
A reproduit pour nous tout cet heureux passé
    Qu'emplit et charme votre image !

Quel contraste, pourtant ! les pics gris et blafards
Se drapaient tristement de lambeaux de brouillards ;
    Et l'ouragan, par intervalles,
Semblait, en se brisant sur les angles des monts,

Promener dans les airs des rires de démons
    Accrus dans les sourdes rafales.

Rien ne perçait l'amas des confuses vapeurs ;
Un voile épais flottait sur les gouffres trompeurs ;
    Et cachant ses fauves prunelles,
L'aigle dépossédé de l'empire de l'air,
Las d'implorer en vain le rayon ou l'éclair,
    Dormait accroupi sur ses ailes !

Tout change. C'est la loi qui régit l'univers ;
Après les doux étés, les nus et froids hivers,
    Après les flots calmes, l'écume !
Et noble dans les arts, douce dans les amours,
La destinée humaine a ses sombres retours,
    Comme les montagnes leur brume !

Mais vienne un rayon d'or percer le ciel obscur,
Que se montre là haut un faible point d'azur,
    Qu'un lointain sommet se colore,
Tout s'anime ; l'oiseau, dans les plaines des cieux,
A l'écho réveillé jette son cri joyeux ;
    Pour lui ce rayon, c'est l'aurore.

Ainsi, dans notre esprit de tant d'ombre obscurci,
Quand du passé remonte un reflet adouci,
    Tout se teint d'une douce flamme ;
Et comme aux jours heureux de nos printemps fleuris,
Il s'élève du sein de nos tristes débris
    Un chant qu'émeut un nom de femme !

                              Octobre 1849.

A M..... DE BOURGES.

Tel un chêne puissant, roi d'un âpre vallon,
S'élève dans les airs, superbe et solitaire ;
De ses épais rameaux au loin couvrant la terre,
Il arrondit sa cime en large pavillon.

La foudre en vain éclate ; en vain d'un noir sillon
Elle entaille les flancs de l'arbre séculaire ;
Lui, des cieux embrasés dédaigne la colère ;
Planté sur le granit, il brave l'aquilon !

Ainsi toi qu'ont battu tant de rudes tempêtes,
Vieux lutteur ! quand le vent courbe toutes les têtes
Sur le vaste chaos d'un monde qui finit !

Des partis furieux dédaignant les outrages,
Toi, tu restes debout, calme, au sein des orages,
Enfoncé dans le droit, cet immortel granit !

Avril 1850.

LE PORT DE VÉNASQUE.

Nous montions à pas lents. Dans le ciel attiédi
Se montrait radieux le soleil de midi ;
Les horizons fuyaient derrière nous : les crêtes
Qui se dressaient naguère au dessus de nos têtes,
S'effaçaient à nos pieds ; et de ces hauts vallons,
Les monts inférieurs, comme des mamelons,
Se courbaient dans le creux de la gorge sauvage ;
De gradin en gradin, et d'étage en étage,
Nous étions près d'atteindre à l'angle culminant,
Au fronton colossal, au faîte rayonnant,
Dont Dieu, sur les confins du ciel et de la terre,
Aux champs illimités de l'aigle et du tonnerre,
Couronna de ses mains l'édifice géant
Soulevé par le feu, sculpté par l'Océan !

Une porte s'ouvrait devant nous ; la nature
Seule en a combiné l'ordre et l'architecture,
Dessiné les parois, les profils, les contours ;
A ses flancs elle mit deux formidables tours,
Qui prolongeant au loin leur ombre solennelle,
Paraissent surveiller cette porte éternelle !
Brèche étroite et profonde échancrant dans les cieux
Le sommet de ces monts noirs et silencieux,

Majestueux couloir qui scinde la montagne ;
De ce côté la France, et de l'autre l'Espagne !
De ce côté l'idée, aux lumineux rayons,
Comme un phare éclairant les vieilles nations,
Et dans le monde entier, où circulent ses flammes,
Communiquant la vie à des millions d'âmes !
De l'autre, sous les feux d'un dévorant soleil,
Un repos énervant qui ressemble au sommeil,
Un peuple jadis plein d'une vigueur antique,
Que Charles-Quint fit grand et le Cid poétique,
Et qui lassé de gloire, et tel qu'un vieux lutteur,
Dans l'arène est tombé de toute sa hauteur !

Deux pas nous séparaient de cette crête altière,
Dont Dieu, bien plus que l'homme, a fait une frontière,
Frontière qui se dresse et qui parle au besoin,
Pour dire au conquérant : « Tu n'iras pas plus loin ! »

Ces deux pas solennels, enfin nous les franchîmes.
Quel tableau ! quelle scène ! encor, encor des cimes !
Des étages de pics groupés confusément,
Elevant jusqu'au ciel leur sombre entassement,
Sur des gouffres sans fond mille horreurs suspendues,
Des sommets déchirés, des montagnes fendues,
Des rocs vertigineux, des cônes dévastés
Que l'Isard bondissant n'a jamais visités,
Des aiguilles où l'aigle en vain cherche une place,
Des plateaux cuirassés d'une éternelle glace ;
En haut, à droite, à gauche, en face, sous nos pieds,
Partout, sur les talus de ces monts foudroyés,
Des cubes monstrueux hauts comme des collines,
De difformes amas, des chaos de ruines !

Confusion sublime ! — on eût dit (tant ici
Par tous ces grands aspects le poète est saisi !)
On eût dit d'une mer furieuse, insensée,
Qu'un effort de l'abîme au ciel aurait lancée ;
Qui, tandis que le vent, plein d'affreux tourbillons,
La soulevait en pics, la creusait en vallons,
Au plus fort de sa crue, au plus fort de sa rage,
Dans les convulsions du plus terrible orage,
Sous le regard de Dieu qui brille dans l'éclair,
Se serait tout à coup pétrifiée en l'air,
Et pour l'éternité, dans une horreur muette,
Aurait figé la vague et moulé la tempête !

Nous étions là, muets, fixes d'étonnement ;
C'était pour nos regards un éblouissement,
Quelque chose qui tient du rêve et du prestige,
Pour le cœur des frissons, pour la tête un vertige,
Et sous ces grands débris l'un sur l'autre entassés,
L'un sur l'autre pendants, l'un sur l'autre brisés,
Pour l'esprit traversé d'une angoisse profonde,
Comme la vision du squelette d'un monde !

Octobre 1850.

UNE FLEUR DANS LA NEIGE.

Tandis que mon œil plein de spectacles sublimes,
Se levait, ébloui, des profondeurs aux cimes,
Qu'il brisait son rayon aux angles de ces tours
Qui semblent défier les ailes des vautours,
Que la Maladetta de gouffres entourée
Me présentait partout sa face déchirée,
Les neiges, les glaciers qu'elle porte à ses flancs,
Et qui lançaient au loin leurs reflets scintillants,
Ses ravins, où tombant de la crête qui penche,
Roule en bonds furieux la difforme avalanche,
Je me sentais saisi d'une immense stupeur,
L'ombre seule des monts m'accablait... j'avais peur !
Mais une fleur soudain, au fond de sa crevasse,
Une fleur qu'un matin dore, qu'un souffle efface,
Bien frêle, bien timide, et qui partout ailleurs
N'eût jamais fixé l'œil sur ses ternes couleurs,
M'apparut, me sourit. Pauvre fleur ! douce chose !
A côté de la mort c'était la vie éclose ;
Et dans ce froid désert où planait la terreur,
La grâce épanouie à côté de l'horreur !
L'œil humide, le cœur noyé de rêverie,
Long-temps je contemplai cette tige fleurie,
Et quand je reportai mes regards vers ces monts,

Sombres murs qu'on dirait bâtis par les démons,
Cette Maladetta, que la trombe ravage,
M'apparut cette fois moins nue et moins sauvage !

Ainsi, dans nos vieux jours, dans cet âge glacé,
Où le doute se mêle aux regrets du passé,
Où le temps, qui se rit des effets et des causes,
Nous montre sans pitié le squelette des choses,
Si quelque objet charmant vient s'offrir à nos yeux,
Un passereau qui chante au bord d'un nid joyeux,
Un enfant qui sourit dans les bras d'une femme,
Une pensée éclot, fraîche encor, dans notre âme,
Une fleur ! — et charmés ou trompés, nous trouvons
Nos cœurs moins dévastés et nos deuils moins profonds !

Novembre 1850.

RONDEAU.

LA REINE MARGOT AU CHATEAU DE BRAMEBAQUE
(VALLÉE DE BAROUSSE.)

O Reine, au doux langage, en la tour solitaire,
    Quand tu rêvais, comme on rêve en prison,
    Souvent ton œil, plein d'un tendre mystère,
    Dut s'arrêter sur ce calme horizon ;
    Souvent il dut, sur un pâle nuage,
    Suivre ou fixer quelque brillante image,
    Frais souvenir de la jeune saison,
    Le beau La Mole ou bien un gentil page,
    Qui de l'amour faisant l'apprentissage,
    Le soir, assis sur un banc de gazon,
    Du tien sans bruit approchait son visage,
    Pour mieux ouïr ta charmante leçon,
        O Reine, au doux langage !

Las ! la lune bientôt effaçait le nuage,
    Et s'en allait ton doux songe d'amour ;

Lors, pauvre oiseau, tu rentrais dans ta cage,
Triste captive, en l'ombre de la tour...
Mais plus touchants, dans ce site sauvage,
Brillaient ta grâce et tes charmes vainqueurs;
Et sans couronne et sans sceptre, je gage
Que tu régnas ici sur tous les cœurs,
    O Reine, au doux langage !

Janvier 1851.

ESCHYLE.

I.

Tel un groupe puissant, un faisceau de statues,
Aux rivages où chante un flot harmonieux,
Débris d'un noble temple, aux voûtes abattues,
Sur un cap élevé se détache des cieux;

Le voyageur errant sur des traces perdues,
Les contemple d'un œil humide et radieux,
Et les voyant de force ou de grâce vêtues,
Murmure : Phidias! et reconnaît les dieux!

Telles pour nous encor, dans leurs poses hardies,
Apparaissent debout tes hautes tragédies
Dans les lointains de l'art et de l'antiquité,

Vieil Eschyle! et le soir, de ton marbre sublime,
Où le temps use en vain et sa dent et sa lime,
Pensifs, nous adorons l'immuable beauté!

II.

Ce monument couvre Eschyle, fils d'Euphorion.
Né Athénien, il mourut dans les plaines fécondes
de Géla. Le bois tant renommé de Marathon et le
Mède, à la longue chevelure, diront s'il fut brave :
ils l'ont bien vu !

Épitaphe d'Eschyle, par lui-même.

Aux plaines de Géla, dans sa forte vieillesse,
Quand il se rappelait, ceint d'un double laurier,
Ces jours où se levant sur le flot qui la presse,
Athènes à l'écho jetait son chant guerrier,

Quand encor frémissant d'une héroïque ivresse,
Comme au temps où sa main pressait le bouclier,
Pour son tombeau creusé loin des bords de la Grèce,
Il écrivait ces vers qu'on ne peut oublier ;

Le vieillard, qui du Mède avait bravé les piques,
Se taisait noblement sur ces drames épiques,
Où rugit Prométhée, où tombe Agamemnon ;

Il croyait que c'était bien assez pour sa gloire,
D'avoir associé son nom et sa mémoire
A ce drame immortel qu'on nomme Marathon !

Janvier 1851.

SOPHOCLE.

Chantre religieux, profond et pathétique,
Dans tes drames coupés de sanglots et de pleurs,
L'homme vaincu, ployé sous l'arrêt fatidique,
Chante lugubrement l'hymne de ses douleurs ;

Le destin le tenant sous sa main despotique,
Le promène à travers de confuses horreurs ;
Et l'esprit, où descend la nuit du dogme antique,
Se perd dans un chaos d'angoisse et de terreurs !

Mais pourtant, au dessus de ces mornes ténèbres,
Où l'âme du maudit râle ses cris funèbres,
S'élève par instants une faible clarté ;

On sent frémir en toi la conscience humaine,
Et l'on voit remuer l'épouvantable chaîne
Qui rivait le vieux monde à la fatalité !

Janvier 1851.

EURIPIDE.

Celui-ci la brisa. Sur la scène agrandie
Il posa l'homme libre et regardant les cieux ;
Et sur tous les autels portant sa main hardie,
De leurs trônes muets fit descendre les dieux !

De son souffle puissant la jeune tragédie
Renversa le destin, spectre pâle et sans yeux ;
Et de son long sommeil encor tout engourdie,
L'âme humaine chanta son chant mystérieux.

Et tandis que voguant vers les plages lointaines,
Aux Sicules ravis les trirèmes d'Athènes
Transmettaient l'hymne saint de l'Hymette venu,

Le soir, à ces banquets où l'esprit communie,
Euripide apportant sa lyre et son génie,
Buvait avec Socrate au sublime INCONNU !

Janvier 1851.

SALAMINE.

De tous les noms sacrés de lutte et de victoire
    Que les siècles jettent aux vents,
Qui vibrent dans tout cœur et dans toute mémoire,
Et que roulent sans fin les échos de l'histoire
    Dans les peuples, échos vivants ;

Jamais nom triomphal de bourg ou de colline,
    De promontoire ou de cité,
De fleuve, de sommet que la gloire illumine,
Nul nom, comme le tien, illustre Salamine,
    N'a rempli la postérité !

Un jour, tu vis rasant tes roches escarpées,
    Tes caps battus des flots amers,
Tes rives de granit en golfes découpées,
Du Mède, fou d'orgueil, les trirèmes groupées
    Effacer l'azur de tes mers !

Une immense clameur sans fin recommencée
    Courait sur les profondes eaux ;
L'écume voltigeait en poussière irisée,
La vague, en gémissant, croulait comme lassée
    De soutenir tant de vaisseaux !

Xercès, le roi superbe, avait sur le rivage
        Fait déployer ses pavillons,
Et ses yeux où brillait une haine sauvage,
Se lassaient à compter les mâts dans le nuage,
        Et sur l'écume les sillons !

« Maintenant, » disait-il dans sa terrible ivresse,
        « Que l'Auster souffle ou l'Aquilon,
» De mes mille vaisseaux je l'assiége et la presse ;
» De la terre demain j'effacerai la Grèce
        » Comme l'on efface un vain nom !

» Je ferai sur les tours de ses villes infames
        » Passer d'infaillibles niveaux ;
» Partout sur mon chemin j'allumerai des flammes ;
» Aux pieds de mes soldats je jetterai les femmes,
        » Leurs fils aux pieds de mes chevaux ! »

Puis l'exterminateur accusant leur paresse
        Gourmandait les vents dans les cieux.
Mais déjà s'approchait la flotte vengeresse,
Ces murailles de bois où s'enferma la Grèce,
        La Grèce libre avec ses dieux !

Thémistocle était là, gardant ces Thermopyles,
        Ces Thermopyles de la mer ;
Et se liant aux caps, aux isthmes, aux presqu'îles,
Ses trirèmes coupaient le golfe aux flots tranquilles
        D'une longue ligne de fer !

Soudain le vent se lève ; alors, comme en démence,
        Le roi fait signe à ses vaisseaux ;

Leur masse énorme roule, et la lutte commence ;
Et tel qu'un tourbillon, ce pêle-mêle immense
　　Au loin bouleverse les eaux.

La liberté vainquit ; et la Grèce vengée
　　A tous les vents jeta son cri ;
Du poids qui l'oppressait la mer fut soulagée,
Ne laissant à ce roi qui l'avait outragée
　　Qu'une barque pour tout abri !

Près d'Artemisium, sur un haut promontoire,
　　Un cône d'airain fut planté ;
Un grand poëte dit la lutte et la victoire,
Et le drame immortel avait pour auditoire
　　Un peuple ivre de liberté !

Et tandis que chantait devant le saint trophée
　　Le rapsode, au front radieux,
Nu jusqu'à la ceinture, un jeune coryphée
Courait, et d'une voix par la course étouffée,
　　Redisait les chants glorieux !

Or, l'homme au geste fier, à la pose tragique,
　　Dont la voix grondait comme un vent,
C'était Eschyle vieux, mais encore énergique ;
Et celui qui disait la strophe fatidique,
　　C'était... c'était Sophocle enfant !

Et tandis que roulés de colline en colline,
　　Tous ces bruits montaient vers le ciel,
Un autre enfant naissait sous un toit en ruine,

Qui devait rattacher au jour de Salamine
    Un troisième nom immortel!

L'enfant fut Euripide! — ère sainte et bénie
    Où la gloire échauffait les arts!
La liberté peut seule enfanter le génie,
Qui ne veut, doux et fier, d'aucune tyrannie,
    Ni des Xercès ni des Césars!

               Janvier 1851.

LES FRANKS A LYON DE COMMINGES
(585) *.

Le soleil se couchait derrière les collines,
Teignant de pourpre et d'or l'occident radieux ;
Le pâtre en se hâtant descendait les ravines,
Et regagnait, pensif, son toit silencieux.

De la cime des monts la lune solitaire
S'élevait lentement sur le trône des nuits,
Et le jour finissant dans un vague mystère
Étouffait tous ses chants, endormait tous ses bruits !

Les horizons mêlaient leurs lignes indécises,
Tout s'effaçait au loin, plaines, vallons, coteaux ;
Et les cloches au ciel envoyaient par les brises
La voix de la cité, le soupir des hameaux !

C'était l'heure où l'amant que bercent ses pensées

---

* Lyon de Comminges (Lugdunum Convenarum), bâtie par Pompée
sur un des derniers contre-forts des Pyrénées, détruite de fond en
comble par les troupes de Gonthramn, roi de Bourgogne, et rebâtie,
cinq siècles plus tard, par l'évêque Bertrand de l'Isle, et appelée
depuis lors Saint-Bertrand de Comminges.

Vient rêver aux lueurs des nocturnes flambeaux ;
Moi, triste courtisan des grandeurs éclipsées,
Moi, je songeais aux morts, debout sur des tombeaux !

A tous ceux qui, puissants par la mitre ou l'épée,
Ont ici remué le marbre et le granit ;
Et ma pensée allait, rêveuse, de Pompée
Qui subjugue et qui fonde, à Bertrand qui bénit !

J'appelais, j'évoquais ces vieux légionnaires
Qui passant à travers les peuples pleins d'effroi ;
Sous leurs aigles lançant l'éclair et les tonnerres,
Humiliaient le monde aux pieds du peuple-roi !

Tantôt je les voyais, en épaisses cohortes,
S'élancer à la voix des tribuns aguerris,
Ou, vainqueurs, s'engouffrant sous les cintres des portes,
Se faire précéder d'un orage de cris ;

Tantôt fouillant le sol, éventrant les collines,
Chercher dans le granit les artères des eaux,
Et jetant dans les airs les strophes sibyllines,
Des aqueducs géants suspendre les arceaux !

Le cirque avec ses jeux, le temple avec ses fêtes,
Eblouissaient mon œil, sanglants ou radieux ;
Ici, sur les gradins, des étages de têtes,
Là des fronts inclinés sous l'image des dieux.

Puis c'étaient d'autres voix, d'autres mœurs, d'autres
                                        [hommes ;
Les pâles fils du Nord, la francisque à la main,

Accouraient, écrasant et les tours et les dômes,
Et d'effroi chancelait le vieux monde romain !

Ils chantaient leur vieux chant de vengeance et de guerre,
Qu'un barde composa sur un rythme d'airain,
Pour la première fois quand désertant leur terre,
Sans pont et sans bateaux ils franchirent le Rhin !

La dépouille des ours pendait à leurs épaules,
Sur leurs fronts retombaient les dents des sangliers ;
Et quand avec leurs grafs ils traversaient les Gaules,
Des têtes s'agitaient aux crins de leurs coursiers !

Dans des cornes de buffle ils soufflaient ; des murmures
Étranges, inouïs, couraient de toutes parts,
Et comme des soldats sous de frêles armures,
Les villes tressaillaient dans leurs triples remparts !

Le triangle puissant, hérissé de framées,
Heurtait comme un bélier les murailles des tours ;
Et partout où passaient ces terribles armées,
Elles faisaient au loin des festins aux vautours !

L'herbe ne poussait plus où paissaient leurs cavales,
Avec eux voyageait un tourbillon de feu ;
Et les peuples atteints par ces hordes fatales,
Disaient : « Laissons passer la justice de Dieu ! »

Un jour, loin des marais de la froide Austrasie,
Vers le midi tout plein du Christ et des Césars,
Ils bondirent chantant leur sombre poésie,
Heureux de se venger du soleil et des arts !

Semant sur leur chemin le deuil et les ruines,
Les fils du Rhin puissant et de l'Elbe indompté
Vinrent asseoir leur camp au pied de ces collines,
D'un lourd réseau de fer étreignant la cité.

Sur leurs grands boucliers allongés en tortues,
Ils frappaient en hurlant d'effroyables chansons ;
Et le vent qui touchait leurs têtes chevelues
Semblait y balancer des touffes de buissons !

Traînant, le cou tendu, leurs machines informes,
Ils approchaient des murs ces mouvants arsenaux ;
Et leur rire éclatait, quand sous les blocs énormes,
Se crevassaient les tours ou tombaient les créneaux !

« Va, tu luttes en vain, ô cité des Convènes ;
» Déjà planent sur toi les sinistres corbeaux ;
» Les fils du Nord boiront tout le sang de tes veines,
» Et pilleront ton or jusques dans les tombeaux ! »

Ainsi, sous un ciel noir où grondait le tonnerre,
Sur l'autel d'où sa main ne devait plus bénir,
Parlait, en se courbant, un prêtre centenaire,
Qui, sachant le passé, prévoyait l'avenir !

L'oracle s'accomplit. Des fanfares étranges
Prolongèrent au loin leur appel dans les bois ;
Et soudain s'élançant les sinistres phalanges
Se ruèrent en bloc dans la ville aux abois !

Je les voyais rouler sous les vastes portiques
Leurs flots tumultueux sans cesse grossissants,

Et comme des sapins dans les forêts antiques,
Les colonnes tombaient sous leurs chocs écrasants !

Les temples émiettés s'en allaient en poussière ;
Avec tous ses gradins un cirque s'écroulait ;
Et les chevaux trempaient leur ventre et leur crinière
Dans une horrible fange où le sang ruisselait !

Là tombait la matrone austère et résignée ;
Ici le publicain expirait sur son or ;
Plus loin, pâle et sans voix, par les cheveux traînée,
La vierge abandonnait, elle aussi, son trésor !

Le meurtre à mille bras, le meurtre à mille faces,
Allait, pesant ses coups ou frappant au hasard ;
Tantôt avec la hache il broyait les cuirasses,
Tantôt sur des seins nus se jouait le poignard !

De l'aube au soir courut l'épouvantable orgie
Sur des monceaux de morts où trébuchaient ses pieds ;
Et quand les égorgeurs, sur la dalle rougie,
S'étendirent lassés, mais non rassasiés,

Ils dirent à la flamme, achève ! — Et l'incendie
Se leva dans les airs, furieux, écumant ;
Et quand enfin croula sa spirale agrandie,
La ville n'était plus qu'un squelette fumant !

                              Février 1851.

LE PARTERRE SOUVERAIN,

POUR UNE REPRÉSENTATION DE COMÉDIENS AMATEURS.

Bien avant la grande ère où surgissant debout,
Le peuple déchaîné, le matin du dix août,
Franchit du premier bond le seuil des Tuileries,
Et s'engouffrant le long des vastes galeries,
Sur le rouge velours, où s'asseyaient les rois,
Ecrivit en trois mots la charte de ses droits,
Bien avant que l'idée, à la sève féconde,
Eût rajeuni le cœur et l'âme du vieux monde,
Avant qu'aucun frisson, aucun tressaillement,
Eût annoncé le jour du rude enfantement;
Quand tout était tranquille, et que les yeux du sage
N'apercevaient au ciel nul menaçant présage,
Que le Roi, de Dieu seul tenant sa majesté,
Régnait, indépendant, et que la royauté
Etait un dogme saint, et le sceptre un symbole,
Quand toute chose encor avait son auréole,
Même en ces jours de calme et de règne serein,
Le peuple avait son droit, il était souverain!

A quatre heures, le soir, durant les jours de bise,
Quand un pâle brouillard, d'une ligne indécise,

Marquait tous les contours du long fleuve roulant
Sous les ponts, qu'il battait de son flot turbulent,
A Paris, quand déjà le fouet monarchique
Hâtait des parlements la lenteur méthodique,
Quiconque avait dîné, quiconque préférait
Les élégants plaisirs à ceux du cabaret,
Tout bourgeois, qui bravant les voleurs et les rhumes,
Osait s'aventurer dans la neige ou les brumes,
Etait libre un instant; messieurs, entendons-nous,
Il était souverain, pourvu qu'il eût dix sous;
C'était le prix alors. Cette rançon payée,
Sous une voûte sombre et jamais balayée,
Notre bourgeois entrait; libre pour son argent,
D'un superbe regard il toisait le sergent.
En attendant le jour des tardives justices,
C'était là son forum, ses rostres, ses comices.
Dans ce froid hémicycle, au plafond enfumé,
Dans ce pauvre théâtre (enfin je l'ai nommé),
Où quatre lourds quinquets de structure grossière
Répandaient plus de flots d'huile que de lumière,
Ces bourgeois, ces manants, endurcis aux dédains,
Accouraient s'entasser sur d'informes gradins,
Coudoyés, coudoyant, foulés, broyés, mais libres!
Libres par la pensée et par toutes les fibres,
Affranchis de l'esprit, qui payaient en bravos,
Au génie inspiré ses glorieux travaux,
Qui forçant au silence une ligue ennemie,
Contre le Cardinal et son Académie,
Défendirent Corneille, — un penseur souverain,
Qui parlait sans effort le langage romain,
Qui pénétrant les cœurs de sa mâle parole,
Apprit à nos tribuns leur énergique rôle.

Plus tard, quand Poquelin, de vers accusateurs
Marqua le pâle front des pieux imposteurs,
Qu'il traça d'une main vigoureuse et hardie
Son drame vertueux, sa sainte comédie,
— Ce Tartuffe profond, personnage immortel,
Qu'on ne retrouve plus aux marches de l'autel,
Mais que l'on voit, raillant les voix désespérées,
Courir, l'œil jaune et fauve, à toutes les curées, —
Quand le noble poète, incertain, abattu,
S'interrogeait, doutant presque de la vertu,
Qu'il sentait, le cœur plein d'une froide agonie,
Chanceler à la fois son œuvre et son génie,
Qui donc lui vint en aide en cette heure d'effroi?
Qui donc le protégea? Le parlement? le roi?
Non, messieurs, — le public, qui roi dans son domaine,
Sauvegarda les droits de la raison humaine,
Opposant aux clameurs des lâches courtisans
La souveraineté du goût et du bon sens,
Et si haut dans la gloire éleva le poète,
Que nulle main n'osa l'atteindre sur ce faîte!

Oh! c'était le beau temps des triomphes de l'art;
La France s'éveillait; on sortait de Ronsard;
En passant par Corneille on allait à Racine,
De la muse puissante à la muse divine!
Chaque jour révélait un génie inconnu,
Et les princes dotant le noble parvenu,
Faisaient pleuvoir sur lui les faveurs et les grâces,
Qu'on leur rendait toujours en froides dédicaces,
En sonnets, où l'auteur, en vers mélodieux,
Créait chaque matin de nouveaux demi-Dieux,
Et faisait refleurir, sur les bords de la Seine,

Le magnanime Auguste ou le docte Mécène !
Sur ces vains compliments nul n'était abusé,
Hors l'altesse bénie ou le duc encensé.
Mais si les rois alors se montraient magnifiques
Pour les chantres sacrés des heures pacifiques,
S'ils leur faisaient, aux jours de bienveillant accueil,
L'aumône d'un sourire ou celle d'un coup d'œil,
Si parfois, d'une main aimable et familière,
Ils tendaient des hochets à Racine, à Molière ;
Quand jaloux de mêler aux royales grandeurs
Les rayons de l'esprit et ses pures splendeurs,
Si pour prix d'un ballet ou d'une allégorie,
Ils les gratifiaient, dans la Beauce ou la Brie,
D'un gros canonicat ; s'ils leur donnaient de l'or ;
Le public disposant d'un plus riche trésor,
Dans ses justes arrêts applaudis par l'histoire,
Etait plus généreux ; il leur donnait la gloire !

La gloire ! elle n'était que pour quelques élus ;
Le parterre investi de ses droits absolus,
S'il couvrait de bravos les œuvres du génie,
Décochait sans pitié sa mortelle ironie
Sur ces drames boiteux que hasardait Pradon,
Ou maint autre poète, indigne de pardon.
On le voyait alors, implacable et farouche,
L'œil en feu, trépignant, le sarcasme à la bouche,
Poursuivre l'écrivain (tout maître est exigeant)
Qui volait ses plaisirs, et surtout son argent.
Aussi, pour conjurer les terribles orages,
Il n'était point d'auteur, fameux par ses ouvrages,
Pas de jeune talent de la ville applaudi,
Pas de génie altier, au vol ferme et hardi,

S'appelât-il Racine, ou Corneille, ou Molière,
Qui ne vînt, descendant jusqu'à l'humble prière,
Pour se concilier de rebelles esprits,
Demander grâce en vers modestes et contrits;
Qui ne fît bégayer humblement à sa muse
Le compliment timide et la banale excuse;
Dans ces grands écrivains et ces maîtres puissants,
Comme un roi, le parterre avait ses courtisans !

De ces antiques droits, établis par l'usage,
Consacrés par le temps, transmis jusqu'à notre âge,
Vous vous montrez, jaloux; certes, vous faites bien;
Le droit nouveau peut-être est fils du droit ancien.....
Quoi qu'il en soit, munis de vos glorieux titres,
De l'art vous entendez rester les seuls arbitres;
Ce droit, nous l'acceptons, messieurs, et de grand cœur;
Cependant que pour nous désarmé de rigueur,
Il daigne atténuer l'arrêt ou la sentence;
La vertu des puissants, messieurs, c'est la clémence.

Février 1851.

LES FÉES.

—

A MADAME. HERM. L......

I.

J'aime les humides retraites
Où, loin des rumeurs indiscrètes,
Vous déroulez vos blancs fuseaux ;
Qu'avez-vous fait, charmantes fées,
De vos tendres voix étouffées
Dans l'humide cristal des eaux ?

Dans les demeures souterraines,
Où cachez-vous, aimables reines,
Votre mystérieux trésor ?
Où donc la baguette magique
Qui fait du cercle symbolique
Jaillir la branche aux feuilles d'or ?

Où donc le beau char diaphane
Qui, loin de tout regard profane,
Vous promenait aux champs de l'air,
Et du ciel bruyant ou paisible
Descendait, toujours invisible,
Dans le rayon ou dans l'éclair?

Où sont-ils tous ces dons splendides
Qu'aux purs reflets des nuits limpides,
Sortant du sein d'un frais ruisseau,
Au seuil des chaumières bénies
Vous déposiez, heureux génies,
Pour l'ange endormi du berceau?

Hélas! votre voix s'est glacée;
Et votre baguette lassée
Se change en sceptre aux mains de l'art;
De vos noms la gloire est pâlie,
Et le rayon qui vous oublie
Plus ne s'attelle à votre char!

Plus ne régnez dans la chaumière;
L'enfant que la vieille grand'mère
Menace de votre courroux,
Plus vif et plus espiègle encore,
Cède à l'ardeur qui le dévore;
Il se rit et d'elle et de vous!

II.

Le siècle ne croit plus ; vous le voyez, madame ;
Ces hôtes gracieux de l'onde et de la flamme,
Beaux, jeunes, souriants, penchés sur nos douleurs,
Qui flottaient dans les airs, respiraient dans les fleurs,
Nageaient dans le cristal de leurs claires fontaines,
Et mêlaient à nos bruits leurs notes incertaines,
Ils ont tous disparu de la terre et des cieux,
Aux poëtes léguant leurs noms mélodieux.
Tous ces légers esprits, tous ces charmants génies,
Le moyen âge plein d'angoisses infinies
Les avait enfantés, quand d'immenses effrois
Tombaient des noires tours et des mornes beffrois,
Quand l'homme enseveli, scellé dans la souffrance,
Las d'implorer du ciel un rayon d'espérance,
Cherchait à se créer, ainsi qu'aux jours anciens,
D'inconnus protecteurs, d'invisibles gardiens ;
L'ondine alors du sein de la source argentée,
Redit au pauvre serf sa musique enchantée ;
Le sylphe se cachant dans l'humide gazon,
Mystérieux ami, veilla sur la maison ;
Et quand du jour fuyait la lumière importune,
Sortant de l'onde claire, où se mirait la lune,
La fée apparaissant dans un rayon vermeil,
De l'enfant souffreteux protégea le sommeil ;
Epoque désolée où la terreur des mères
Entourait le berceau d'un rempart de chimères !
Tous ces êtres charmants, où sont-ils ? — aujourd'hui

L'homme se garde seul ; car la raison a lui,
Et ce siècle orgueilleux de ses brillants trophées,
Dois-je le dire hélas! est incrédule aux fées!

Rassurez-vous pourtant, madame ; nous croyons.
Quand vous tournez vers nous, pleins de chastes rayons,
Vos beaux yeux où l'azur semble noyer la flamme,
Qui dans sa pureté réfléchissent votre âme,
Le poëte qui vient à vos genoux s'asseoir,
Heureux de regarder dans ce divin miroir,
Attentif et muet, y cherche des oracles ;
Il croit aux visions, aux rêves, aux miracles,
A tout ce qu'anima, sous la voûte des cieux,
D'aériens esprits, d'hôtes capricieux,
La fantaisie humaine à toute loi rebelle.
Il croit à la beauté, cette fée immortelle!

Mars 1851.

SUR UNE IMAGE DE SAINTE AGATHE

TROUVÉE PARMI LES ÉLÉGIES D'ANDRÉ CHÉNIER.

> Et c'est Glycère, ami, chez qui la table est prête ?
> Et la belle Amélie est aussi de la fête,
> Et Rose qui jamais ne lasse les désirs,
> Et dont la danse molle aiguillonne aux plaisirs ?
>
> A. CHÉNIER. — ÉLÉGIE XXVIII.

Toi qui dans nos chemins, de pudeur couronnée,
Passas, faisant envie aux anges radieux,
Toi, dont l'âme aspirant au mystique hyménée
Sur l'aile du désir s'envolait dans les cieux ;

Toi qui, l'œil dirigé vers les splendeurs sereines,
Quand le monde adorait les infâmes Césars,
As traversé l'orgie et les fanges romaines,
Vierge, sans y salir tes pieds ou tes regards ;

Qui cueillant en espoir les palmes du martyre,
Soupirais, jeune enfant, les divines amours,
Qui donnas ton premier et ton plus doux sourire
Au bourreau dont le fer affranchissait tes jours ;

O fleur de nos vallons par Dieu même choisie
Pour embaumer l'azur où chante Ithuriel,
Pour répandre en parfums ta chaste poésie,
Victime sur la terre, et reine dans le ciel !

Oh ! comment avec Rose et la folle Glycère,
Comment avec l'essaim des filles de Vénus,
Qui parmi les festins et les chants, ô misère !
Enfouissent leur âme et livrent leurs seins nus,

Comment, par quel hasard, pure et suave image,
Dans le cercle profane hélas ! te trouves-tu ?
Et quelle main cruelle a fait de cette page
Comme un nouveau martyre à ta sainte vertu ?

Serait-ce cette enfant ? naguère encor, folâtre,
Elle allait par les bois, les prés et les vallons ;
Le vent roulait à flots sur son beau cou d'albâtre
Ses cheveux qu'effleurait l'aile des papillons.

Le soir, en l'endormant, un rêve, une chimère,
A peine sur son front dessinait quelques plis ;
Et l'ange du sommeil la rendait à sa mère
Fraiche comme l'aurore et pure comme un lis !

Des souffles les plus doux sa jeunesse bercée,
Pareille aux fleurs des bois embaumait à l'écart,
Et son œil, que teignait sa limpide pensée,
Laissait au loin flotter un paisible regard !

L'amandier fleurissant avait toute sa neige,
L'insecte radieux toute sa poudre d'or ;

Ignorante des maux dont l'essaim nous assiége,
En grâce, en charme, en tout elle croissait encor !

Mais ce matin son front penche ; la rêverie
Efface le rayon qui brillait dans ses yeux ;
Elle ne viendra pas jouer dans la prairie,
Ni guetter dans leurs nids les passereaux joyeux.

Elle s'assied au bord de l'étang solitaire ;
Les roses lentement s'effeuillent sous ses doigts ;
Elle médite un sens, elle scrute un mystère,
Elle écoute son cœur où se parlent deux voix.

Deux voix hélas ! hier son cœur n'en avait qu'une,
Celle qui l'endormait, enfant, dans le berceau,
Qui soit que le soleil se levât, soit la lune,
Exhalait des accents plus doux qu'un chant d'oiseau ;

Voix de l'ange béni, voix du gardien fidèle,
Qui dans ce monde obscur guidait ses jeunes pas...
Aujourd'hui loin des jeux une autre voix l'appelle,
Qui l'attire vers l'ombre et qui parle tout bas !

Elle est troublée ; un souffle a remué cette âme,
Un souffle a frissonné sur ce cristal si pur ;
Eve s'est éveillée, elle sait qu'elle est femme ;
Son œil a plus d'éclat, mais il a moins d'azur !

D'un vague et long regard elle suit les étoiles
Qui semblent se chercher dans les routes des cieux,
Et des grands bois que mal couvre de chastes voiles,
Elle écoute, en rêvant, les bruits mystérieux.

Chaque nuit, dans sa chambre une lampe s'allume,
Quand l'heure aux vieilles tours douze fois a sonné ;
Et le livre païen, que la grâce parfume,
Lui dit en mots charmants ce qu'elle a deviné !

Son esprit ne fuit plus vers la céleste sphère,
Vers les chœurs inclinés sous le trône éternel ;
Elle croit à la vie, au temps ; elle préfère
Les roses de la terre aux diamants du ciel !

C'est ainsi que tu fus, douce image voilée,
Prise dans ce feuillet plein de traîtres appâts,
Et qu'en ce cœur d'enfant hélas ! tu fus mêlée,
Toi, la sainte martyre, aux folles d'ici bas !

Et l'enfant, cette nuit, par l'angoisse pâlie,
S'endormit, t'oubliant, vierge des cieux chrétiens....
Elle vit danser Rose et sourire Amélie,
Et rêva des amours qui n'étaient pas les tiens !

Juin 1852.

RÉPONSE A UN POÈTE DE QUINZE ANS.

Comme un oiseau sans aile au bord du nid essaie
Un faible et doux accord, sous les feuillages verts,
Ainsi, loin de nos bruits, votre muse bégale,
Dans un rythme incertain, la musique des vers !

Mais l'oiseau, dont encor la mère s'inquiète,
Sera du bois natal le chantre harmonieux ;
Et vous, et vous, enfant, vous serez le poète,
Dont le chant large et plein montera vers les cieux !

Aujourd'hui tout vous rit, les fleurs, les prés et l'onde ;
Toute chose a pour vous son parfum ou son miel,
Et vous ne savez rien des tristesses du monde,
Tant vos regards au loin s'égarent dans le ciel !

Sur les ailes du rêve ou de la fantaisie,
Vous allez de la terre aux mondes enchantés,
Ou porté sur un flot de chaste poésie,
Vous suivez une rive, enfant, et vous chantez !

De tout vous ne voyez que la calme surface ;
Qu'une ombre se dessine aux bords d'un cristal pur,
Un souffle l'apporta, mais un souffle l'efface,
Et l'onde se repeint de lumière et d'azur !

Comme le vent gémit ou comme l'eau s'écoule,
Sans but et sans dessein vous chantez à l'écart ;
Mais pourtant, à travers les longs bruits de la foule,
Vous savez que vos chants arrivent quelque part !

L'oiseau le sait aussi, quand, des tendres cytises,
L'harmonieux soupir que sa voix a rythmé,
Lui revient, doux écho, sur les ailes des brises
Qui répandent les chants et les parfums de mai !

Ainsi, puisse ma voix, de la rive prochaine,
Répondre à vos accents, pur et charmant oiseau !...
Mais je chante, attristé, sur le tronc d'un vieux chêne,
Et vous, fils du printemps, sur un frais arbrisseau !

Juin 1852.

MON VIEUX BATON DE HOUX *.

Dans une gorge où le vertige
Plane au bout d'un mont escarpé,
Où l'écume en flocons voltige,
Par un pâtre tu fus coupé ;
Rejeton d'une mâle tige,
Tu grandis parmi les cailloux,
    Mon vieux bâton de houx.

Souvent, m'a dit le jeune pâtre,
Tu dirigeas ses pas errants,
Le soir, quand un voile grisâtre
Cachait l'abîme ou les torrents ;
Souvent aussi tu vins combattre
Avec les chiens contre les loups,
    Mon vieux bâton de houx.

Je m'épris de ta rude écorce,
Du ferme tissu de ton bois,
Des grands nœuds qui disaient ta force,
Du sang qui disait tes exploits ;

* Cette pièce a été mise en musique par M. F. Soubies.

Et du berger, qu'un rien amorce,
Je t'achetai pour quelques sous,
    Mon vieux bâton de houx.

Le riche fier de sa cassette,
Pour t'avoir, ô mon seul trésor,
Viendrait en vain dans ma retraite,
Viendrait m'offrir ton pesant d'or;
S'il insistait, gare à sa tête!...
On ne guérit pas de tes coups,
    Mon vieux bâton de houx!

Depuis quinze ans, toujours ensemble,
Fiers et confiants, nous allons
De la cascade où le roc tremble
A la neige des hauts vallons;
Et l'amitié qui nous rassemble
Brave l'effort du temps jaloux,
    Mon vieux bâton de houx.

Combien de fois, dans la tempête,
Solide et fort comme l'acier,
Tu m'as soutenu sur la crête
Ou sur les pentes du glacier,
Quand le sang sifflait dans ma tête,
Quand se dérobaient mes genoux,
    Mon vieux bâton de houx!

Que de fois, le long des ravines,
Au bas des sentiers hasardeux,
En nous écorchant aux épines,
Nous avons roulé tous les deux!

Mais, l'œil plein des choses divines,
Je m'écriais : relevons-nous,
   Mon vieux bâton de houx !

Puis, quand le soir, avant la lune,
Nous ramenait dans les hameaux,
Pour contempler la vierge brune
Assise au pied des grands ormeaux,
Moi qui pourtant n'en aime qu'une,
Je m'arrêtais... instants bien doux,
   Mon vieux bâton de houx !

Ainsi, défiant les abîmes,
Joyeux ou grave pèlerin,
J'ai visité les grandes cimes,
D'où le ciel luit comme un écrin ;
Et revenant des lieux sublimes,
Je disais : les hommes sont fous,
   Mon vieux bâton de houx.

Maintenant, plus d'une blessure
Marque ma chair, marque ton bois ;
Le schiste aigu de sa morsure
Nous atteignit plus d'une fois ;
Mais nous avons la fibre dure,
Et vite se ferment nos trous,
   Mon vieux bâton de houx.

Allons encor ! — tant qu'une haleine
S'exhalera de mes poumons,
Allons des brumes de la plaine
Aux lumineux sentiers des monts ;

Là haut, où l'aigle a son domaine,
Courons aux divins rendez-vous,
   Mon vieux bâton de houx.

Enfin, de ses rides glacées,
Lorsque le temps m'aura flétri,
Compagnon de mes odyssées,
Dans le repos du même abri,
Evoquant nos gloires passées,
Je te dirai : souvenons-nous,
   Mon vieux bâton de houx !

                            Août 1852.

CANTATE

POUR

L'INAUGURATION DE L'HÔTELLERIE DU PIC DU MIDI [*].

La civilisation monte.

Qu'importent et vents et tempêtes
Passant sur ton front orageux,
Géant tout hérissé de crêtes,
Roi superbe des monts neigeux?
Bravant l'éclair et le tonnerre
Et la neige, humide prison,
Où l'aigle avait bâti son aire,
L'homme vient bâtir sa maison !

En vain sur l'édifice penche
Le bloc par la foudre sculpté,
En vain la difforme avalanche
S'écroule et bondit à côté;

---

* Cette cantate a été mise en musique par M. F. Soubies.

L'architecte armé de l'équerre
N'a ni vertige ni frisson ;
Où l'aigle avait bâti son aire,
L'homme vient bâtir sa maison !

Pourquoi ces chants, ces voix de fête,
Et tant d'échos sur ce chemin?
C'est qu'au sommet de cette crête
Des rivaux * se donnent la main ;
Saluons l'abri tutélaire,
Plantade est mort sur ce gazon ; **
Où l'aigle avait bâti son aire,
L'homme vient bâtir sa maison !

Aux neiges, aux glaciers, aux cimes,
Jetez vos chants, jetez vos cris ;
Et toi, sur le bord des abîmes,
Danse, jeune fille, et souris ;
L'art doux et la science austère
Ont conquis un autre horizon ;
Où l'aigle avait bâti son aire,
L'homme vient bâtir sa maison !

Septembre 1852.

* *Bagnères-de-Bigorre* et *Barèges* se sont réunis pour fonder l'Hô-
tellerie du Pic du Midi.

** L'astronome Plantade mourut subitement en 1788, entre les bras
de ses guides, sur la crête de Concours, son quart de cercle à la main.

VERS ÉCRITS UN SOIR DE JUIN

A LA FONTAINE FERRUGINEUSE DE BAGNÈRES-DE-BIGORRE.

A l'heure où le soleil décline,
Teignant de sa pourpre divine
Les prés, les ondes et les bois,
A l'heure où vents, souffles, haleines,
Oiseaux voltigeant dans les plaines,
Tout prend des ailes ou des voix ;

Aux flancs de la colline verte,
J'aime, discrètement ouverte,
Et se perdant sous les rameaux,
La sombre allée et les ombrages,
Où le murmure des feuillages
Se mêle au murmure des eaux.

J'aime, à travers feuilles et branches,
Ces beaux groupes de maisons blanches,
Et sur un fond d'azur vermeil,
Ainsi que de fières statues,
Les tours qui montent revêtues
De leurs tuniques de soleil !

Mais j'aime surtout la fontaine,
Dont la naïade souterraine
Se dérobant à tous les yeux,
Fait suinter de la roche humide
Le fer qui s'échappe liquide
De son antre mystérieux.

Là, dans cette onde bienfaisante,
La jeune fille languissante
Retrouve l'aimable santé,
Et sur son front qui se colore,
Comme un bourgeon tout près d'éclore,
Refleurit sa jeune beauté!

Seul maître en ce charmant asile,
Au sein de ce bonheur tranquille,
Un vieux soldat des anciens camps
Nous conte ses luttes guerrières,
Alors qu'à toutes les frontières
La France allumait des volcans!

Il nous redit cette Vendée,
Qui repoussant la jeune idée
Se teignit du sang le plus pur;
Voyez! on dirait qu'il s'apprête
A fusiller encor Charrette
Debout, à l'angle d'un vieux mur!

Tandis que, l'œil rempli de flammes,
Il fait bouillonner dans nos âmes
Tous les souvenirs glorieux,
Une charmante fille d'Eve

A ses côtés sourit ou rêve ;
Enfant, montrez-nous donc vos yeux ?

La pudeur vous monte au visage ;
De la chasteté du langage
Un soldat s'inquiète peu ;
Mais si quelques mots hérétiques
Blessent vos oreilles pudiques,
Il en est absous devant Dieu !

Ainsi ne soyez pas sévère,
Quand le Dieu mort sur le Calvaire
Pardonne à ce cœur endurci ;
A d'autres laissant les beaux rôles,
Il ne pèche plus qu'en paroles ;
Plaignons ceux qui pèchent ainsi.

Je finis. La folle jeunesse
En mots brûlants peint son ivresse ;
Mais vous allez encor rougir ;
De grâce, un peu de tolérance ;
Laissez aux jeunes l'espérance,
Aux vieux laissez le souvenir !

Juin 1853.

LE VAL DE LOURON.

Doux pays de Louron, j'aime tes bords tranquilles,
Tes mamelons boisés, tes champêtres asiles,
Ta rivière d'argent, fille des monts neigeux,
Qui tombant des glaciers, sous un ciel orageux,
Semble apaiser soudain ses bonds et ses furies,
Sitôt qu'elle a touché l'herbe de tes prairies;
Tes bocages, au jour fermés de toutes parts,
Et coupant l'horizon de mobiles remparts,
Où l'œil croit entrevoir des formes indécises,
En suivant le rayon sur la trace des brises;
Tes granges où la paix habite, tes hameaux
Suspendus aux rebords des verdoyants plateaux,
Tes églises groupant les maisons des villages,
Ou dardant leurs clochers au dessus des feuillages;
Ensemble harmonieux de rustiques beautés,
Où le soleil répand ses plus douces clartés;
Frais et calme vallon, souriante Arcadie,
Qu'Eurus touchant le soir de son aile attiédie,
Semble bercer à l'heure où tout meurt, jour et bruit,
D'un murmure d'amour, seule voix de la nuit!

Mais oh! j'aime surtout, j'aime, heureuse vallée,
De mystère et d'oubli plus que d'ombre voilée,

Pures comme la fleur au souffle du matin,
Montrant le long des prés leur visage mutin,
Tes filles que décore une grâce ingénue,
Dont l'œil avant la voix donne la bienvenue,
Qui savent, en tout lieu, pour fêter le passant,
Trouver le fin sourire ou le mot agaçant,
Dont l'agreste chanson s'élève, haute et claire,
Du tortueux ravin qui faiblement s'éclaire,
Vierges, au teint bruni, qui pour toute beauté,
Ont la fraîche jeunesse et la fraîche santé !

Oh ! pour le voyageur, las de bruits et d'orages,
Qui voudrait, tout meurtri des chocs de vingt naufrages,
Trouver un port des flots et des vents abrité,
Au sein de la nature et de la liberté,
Réjouir son regard de spectacles sublimes,
Sentir planer sur lui la paix des grandes cimes,
Qui voudrait échapper moins encore aux combats
Qu'à ces mille rumeurs qui passent ici bas,
Pour cet homme lassé que nul espoir n'abuse,
Qui doute dans sa nuit, dont le pied se refuse
A de nouveaux efforts sur de nouveaux chemins,
Tant il est ennuyé des tumultes humains ;
Val tranquille et dormant, où l'ombre est si discrète,
Tes collines auraient encore une retraite,
Tes bocages des chants, ton beau ciel des rayons,
Tes femmes, à l'œil bleu, des consolations !
Et ce Werther, ce Faust, ce maudit qui succombe,
Dont la voix invoquait le sommeil de la tombe,
Rompant les souvenirs dont son cœur est lié,
Serait heureux peut-être... oubliant, oublié !

Août 1853.

CANTATE

POUR LA

CONSTRUCTION DE L'HOSPICE DES INDIGENTS DE BARÈGES *.

Aux lieux où la tempête roule
La neige en flocons aveuglants,
Où l'avalanche qui s'écroule
Des vieux monts déchire les flancs,
Nous creusons, nous chargeons la terre,
De l'Evangile humble maçons ;
Que chacun apporte sa pierre,
Pour les pauvres nous bâtissons.

Or ou cuivre, que chacun donne
Pour l'édifice hospitalier ;
Le ciel ne pèse pas l'aumône,
Il voit le cœur, non le denier.
Apportez donc tous votre offrande,
Pour qu'au jour des saintes moissons,
Au centuple Dieu vous la rende :
Pour les pauvres nous bâtissons.

---

* Cette cantate a été mise en musique par M. le capitaine Hémot.

Vous qui n'avez que vos prières
Et les pieux élans du cœur,
Pauvres courbés sous les misères,
Pauvres puissants près du Seigneur,
Priez, priez : contre la neige
Et les vents des froides saisons,
Dites à Dieu qu'il nous protége ;
Pour vous, pauvres, nous bâtissons !

Août 1853.

LE LAC BLEU *.

Paisible lac, dont les ondes captives
Si mollement réfléchissent tes rives,
        Qui t'éveillant,
Quand des longs pics le sommet se colore,
Si doux reçois le baiser de l'aurore
        Et si brillant !

Onde où le vent vient rafraîchir ses ailes,
Plaine d'azur qu'émaillent d'étincelles
        Les feux du soir,
Calme surface où le ciel bleu se mire,
Qu'aime la lune, où l'étoile s'admire,
        Vaste miroir !

Bassin dormant où le chamois vient boire,
L'aigle tremper sa plume fauve et noire,
        L'aigle en lambeaux,
Où les vallons et les cimes hautaines

* Magnifique nappe d'eau, à quatre ou cinq heures de Bagnères.
Ce beau lac, suspendu à deux mille mètres au dessus de la mer, était
connu sous le nom du lac de Llicou, avant d'avoir reçu le nouveau nom
qu'il mérite si bien.

Versent sans fin de leurs claires fontaines
     Les fraîches eaux ;

Beau lac, dont nul n'a sondé les abîmes,
Soit que des monts tu répètes les cimes,
     Calme et dormant,
Soit que tes flots, dont la crête s'allume,
Semblent rouler dans leur brillante écume
     Un firmament ;

Soir ou matin, lac tranquille, à toute heure,
Au cœur léger, comme à l'âme qui pleure,
     Ton charme est doux ;
Et dans la joie ou la mélancolie,
Sur le gazon de tes bords on oublie
     Le temps jaloux !

L'adolescent, dont l'œil noyé de flamme
Cherche ou poursuit une image de femme,
     Un front charmant,
En regardant tes ondes aplanies,
Aime y rêver des amours infinies
     L'enchantement,

Des tièdes nuits les extases, les fièvres,
Les longs baisers essuyés sur les lèvres
     Par le zéphyr,
Et ces adieux, au chant de l'alouette,
Que Roméo murmure à Juliette
     Dans un soupir !

Mais nous si loin de notre fraîche aurore,

Et dont le front penche ou se décolore,
     Nous presque vieux,
De ces vains noms, amour, fortune, gloire,
Nous qui savons hélas ! ce qu'il faut croire,
     Ce qui vaut mieux,

Assis au bord de cette onde épurée
Qui luit au loin, dont la nappe azurée
     N'a pas un pli,
Nous la prions, charmés de son silence,
De nous bercer dans la molle indolence
     Ou dans l'oubli !

Jeune homme, vas, suis ta belle chimère,
Dis à ces flots rayonnants de lumière,
     De t'éblouir,
De ranimer les fleurs de ta guirlande....
Moi, voyageur lassé, je leur demande
     De m'endormir !

                       Septembre 1853.

LA LÉGENDE DU LAC BLEU *.

La gorge était lugubre et les cieux étaient sombres ;
Un tonnerre lointain roulait dans les échos ,
Et le lac, où passaient des éclairs et des ombres ,
  Exhalait comme des sanglots.

Des pâtres appuyés sur leurs bâtons de chêne,
Du vent dans la bruyère interrogeaient le bruit ,
Et sifflaient, redoutant la tourmente prochaine,
  Leurs chiens égarés dans la nuit.

Le plus jeune, affectant le rire et le courage ,
S'approcha d'un vieillard qui semblait endormi ,
Et le touchant du pied : « Conjurez donc l'orage ,
  » Vous qui des saints êtes l'ami ! »

Le vieillard tressaillit, et d'une voix profonde
Qui fit taire le rire aux lèvres du railleur :
« Il faut, enfants, dit-il , quand la tempête gronde,
  » Parler des œuvres du Seigneur. »

* Cette légende a été mise en musique par M. F. Soubies.

C'était au temps, où voilés de mystère,
Des hôtes saints voyageaient sur la terre.

Où dorment ces tranquilles eaux,
Un vallon, sous de frais ombrages,
Jadis conviait les troupeaux
Au fin gazon des pâturages,
Or, un soir comme celui-ci,
Un mendiant, à barbe grise,
Cheminait seul, morne et transi,
A travers la grêle et la bise.
Aux portes des granges il vint;
Son œil brillait d'un feu divin.

C'était au temps, où voilés de mystère,
Des hôtes saints voyageaient sur la terre.

Des troncs de hêtre et de sapin
Partout flamboyaient dans les âtres;
Mais par l'insulte et le dédain
Il fut chassé du seuil des pâtres.
Lors, maudissant ces hommes durs,
Le vieillard se traîne, plus pâle,
Vers une grange dont les murs
Semblaient ployer sous la rafale,
Il entre et dit : « J'ai froid, j'ai faim,
» Au nom du Christ, un peu de pain! »

C'était au temps, où voilés de mystère,
Des hôtes saints voyageaient sur la terre.

« Hélas! vous nous venez bien tard,

» Et nous n'avons qu'une génisse. »
« Tuez-la, répond le vieillard,
» Et que le bon Dieu vous bénisse ! »
Ainsi fut fait, et l'étranger
Mangea la vache tout entière ;
Puis, se tournant vers le berger :
« Porte les os sous cette pierre. »
Le pâtre obéit, et soudain
Voit sept vaches brouter le thym !

C'était au temps, où voilés de mystère,
Des hôtes saints voyageaient sur la terre.

« Fuis maintenant, dit le vieillard ;
» Du ciel j'apporte la colère. »
Il s'agenouille, et son regard
D'un reflet d'orage s'éclaire ;
Le vent tourbillonne, et les eaux
En cascades tombent des cimes ;
Hommes, maisons, chiens et troupeaux
Roulent broyés dans les abîmes ;
Rien ne surnage, et ce lac bleu
Couvre les justices de Dieu !

C'était au temps, où voilés de mystère,
Des hôtes saints voyageaient sur la terre.

Or, ce vieillard, cet inconnu,
Qu'on repoussait, comme vous faites,
Quand un pauvre tremblant et nu
Apparaît au seuil de vos fêtes,
Ce mendiant, au large front,

Ce pèlerin, au geste étrange,
Dont la foudre vengeait l'affront,
C'était, croyez-le, plus qu'un ange;
C'était Jésus mort sur la Croix,
Et qui vous parle dans ma voix,

Ainsi qu'au temps, où voilés de mystère,
Des hôtes saints voyageaient sur la terre!

Septembre 1853.

VERS COMPOSÉS UNE NUIT D'ORAGE

EN TRAVERSANT LA GORGE DE PIERREFITTE.

Oh! bien souvent, la nuit, de sa griffe d'airain,
Quand l'affreux cauchemar me saisit et m'étreint,
Quand le vertige ailé, m'enveloppant d'abîmes,
M'emporte, haletant, sur la pointe des cimes,
Quand la rouge lueur de l'éclair flamboyant
Fait danser dans le gouffre un chaos tournoyant,
Du haut d'un morne pic, où le démon m'enlève,
J'ai vu ce qu'on ne voit que dans l'ombre et le rêve,
J'ai vu ce site noir, nu, désolé, maudit,
Gardé par un génie, aux mortels interdit;
J'ai vu tourbillonner, au bruit de la rafale,
Une ronde hideuse, une orgie infernale,
Où le djinn bondissait sur le goule trapu,
Où tombait lourdement le vampire repu,
Où se mêlaient des voix étranges, inouïes,
Comme un bruit souterrain de chaînes enfouies,
Ces verbes inconnus et ces sons gutturaux
Qu'exhalent au dehors les sombres soupiraux,
Ces syllabes sans nom que l'orage promène,
Qui n'ont jamais vibré dans une langue humaine,
Et ces rires grinçants que jettent les démons

19

Aux échos endormis sur les angles des monts ;
Musique épouvantable à l'oreille terrestre,
Que la tempête roule et que le vent orchestre !
Et puis tout s'effaçait, le goule dans la nuit,
Le djinn dans les tombeaux, sous la terre le bruit ;
Tout se faisait au loin silencieux et sombre ;
Et soudain un éclair venant dissiper l'ombre,
Je voyais sur un roc, comme sur une tour,
Un homme se tordant sous le bec d'un vautour ;
L'insatiable oiseau, de sa griffe sanglante,
Fouillait avec fureur dans sa chair pantelante,
Et lui rongeait le cœur, éternel aliment,
Qui renaissait sans fin pour un nouveau tourment ;
Et j'avais sous les yeux, dans ce site sévère,
Le premier inventeur et le premier calvaire !

Septembre 1853.

LA PEYRADE

ou

LE CHAOS ENTRE GÈDRE ET GAVARNIE.

O nature, nature! ô puissance inconnue,
Qui fais jaillir l'éclair du flanc noir de la nue,
La lave du cratère et la foudre des cieux,
Cause obscure et profonde, agent mystérieux,
Dont le souffle éternel ou féconde ou dévore,
Qui le soir es la trombe et le matin l'aurore,
Qui livres à l'Eurus les tiges du vallon,
A l'ouragan la mer, le chêne à l'aquilon,
Abîme d'où tout vient, où tout doit redescendre,
Sombre sphinx qui jamais ne te laisses surprendre,
Qui voyant du même œil l'insecte et le lion,
Gardes le sens caché de la création!
O nature toujours à nos vœux si rebelle,
Laisse-moi pénétrer dans ta vie éternelle!
Vieille mère, réponds : dis quels ébranlements
Secouèrent le globe en ses vieux fondements,
Aux jours contemporains de la grande Genèse,
Quand les feux comprimés dans l'ardente fournaise,
Se ruant, furieux, rompirent leur prison;

Et, gigantesque mur qui ferme l'horizon,
Firent surgir debout ces crêtes dentelées
Que la main des géants semble avoir ciselées !
Oh ! sans doute long-temps, de l'une à l'autre mer,
La chaîne de granit que bat le flot amer,
Ce monstrueux chaos de montagnes énormes,
Jailli dans une nuit, entassements difformes,
Lave, schiste, calcaire, éléments confondus,
Par la flamme excités, par la flamme tordus,
Comme un corps agité d'un tremblement d'ivresse,
Tout ce qui, maintenant, immobile, se dresse,
Bouillonnait, s'élançait par bonds capricieux,
Epouvantant la terre et menaçant les cieux !
Alors, sans doute alors, en tombant, quelque cime
Eparpilla ces blocs qui pendent sur l'abîme,
Afin que ces débris attestassent à l'œil,
A l'homme, ce géant fait de boue et d'orgueil,
Ces révolutions, épouvantable histoire,
Dont la terre vieillie a perdu la mémoire !

Septembre 1853.

LE CIRQUE DE GAVARNIE.

Combien l'œuvre de l'homme est vaine et périssable !
Le temps d'un pied brutal a couché sur le sable
  Et Memphis et Memnon ;
Babylone est un champ où frissonne un peu d'herbe,
Et Tyr qui sur les flots levait un front superbe,
  N'est qu'une ombre et qu'un nom !

Mais toi, mère féconde et toujours rajeunie,
Tu fais briller partout ta splendeur infinie,
  Tes cieux, tes océans,
O nature ! et le temps, dans sa course éternelle,
Vient fatiguer en vain et sa faux et son aile
  Contre tes blocs géants !

Tu dressas jusqu'au ciel ces éclatantes cimes,
Et tu leur mis aux flancs et l'ombre et les abîmes,
  Au sommet la clarté ;
Quand ton souffle eut mêlé, fondu toutes les formes,
Tu dis à ces chaos plein de masses énormes :
  C'est pour l'éternité !

Et cette inscription que jamais rien n'efface,
Le Marboré la porte à son abrupte face,

Au sommet de ses tours,
Sur l'arête saillante où le chasseur hésite,
Sur les cônes hideux où le chamois visite
        Les petits des vautours !

Et ces trois mots écrits par la foudre et la flamme,
Je les lisais partout avec les yeux de l'âme,
        Et le sens m'était clair ;
Et tandis qu'en tombant la cascade brisée
Faisait flotter au loin sa vapeur irisée,
        Comme un voile dans l'air ;

Tandis que le soleil sur la cime arrondie,
Or et pourpre, allumait un immense incendie,
        Des brasiers flamboyants,
Et que dardant l'éclair de sa fauve prunelle,
L'aigle noir décrivait, sous la voûte éternelle,
        Ses cercles tournoyants ;

Je rêvais. A travers la sombre solitude
Je voyais s'avancer, hideuse multitude,
        Des géants surhumains ;
Ils secouaient les rocs sur leurs arêtes vives,
Et les pins enlacés d'étreintes convulsives,
        Se courbaient sous leurs mains !

Tout semblait s'animer de haine et de colère,
Les cieux que déchirait le feu triangulaire,
        Les sommets éclatants ;
Neiges, glaciers, granit, tout semblait prendre une âme,
Et la foudre tombant en cascades de flamme
        Dévorait les Titans !

Epouvantable assaut! lutte affreuse, insensée!
Long-temps le rêve immense obséda ma pensée ;
      Long-temps la vision
Fit tournoyer des bras au dessus de l'abîme,
Qui dédaignant les blocs, jetaient cime sur cime,
      Ossa sur Pélion !

C'est que l'homme est petit pour cette vaste scène !
C'est que sa faible voix vibre et résonne à peine
Sous ces monts orageux, sur ces gouffres béants ;
C'est qu'il faut compléter cette grande harmonie,
C'est qu'il faut que ton cirque, ô sombre Gavarnie,
S'appelle désormais le cirque des géants !

                Septembre 1853.

A UNE DAME

Certes, votre action fut indigne, madame;
 Je la flétris d'un vers vengeur;
Sous la fière amazone on retrouve la femme,
 La femme futile et sans cœur!

Quoi! disperser au vent ces lambeaux de pensées,
 Ces noms obscurs ou glorieux,
Ces lignes qu'en tremblant la plume avait tracées
 Sur un pic perdu dans les cieux!

Le vautour s'élançant dans son vaste domaine,
 La tempête, aux ailes de feu,
Les avait respectés.... Erreur, folie humaine,
 Montez-vous donc si près de Dieu!

Ainsi, loin de nos bruits, sur ce sommet assise,
 Quand au loin flottaient vos regards
Dans l'éther lumineux, dans la courbe indécise
 Des horizons et des brouillards;

Quand l'azur vous couvrait, arrondi comme un dôme,
    De son pavillon radieux,
Que nulle voix d'en bas, nulle rumeur de l'homme,
    Ne vous arrivait dans les cieux,

Ce qui parlait en vous, ce n'était point le rêve,
    La prière, fille du cœur,
L'hymne reconnaissant que toute voix élève
    Jusqu'à la divine splendeur ;

Non ! ce qui remplissait votre tête et votre âme
    En face de l'immensité,
C'était, honte et pitié sur vous, ô faible femme,
    Un caprice de vanité !

Septembre 1853.

A UN VOYAGEUR.

Des fleuves solennels épanchés sur le monde,
Du Jourdain prophétique et du Gange sacré,
Ami, vous avez bu la sagesse avec l'onde;
Là bas, où fut Balbeck, votre œil a mesuré,

Sur le pâle désert que le soleil inonde,
Le fronton colossal par le temps déchiré,
Interrogé partout l'antiquité profonde,
Des grèves de Fingal aux chênes de Membré!

Vous avez contemplé tous les grands paysages;
Sur les tombeaux des Dieux, des héros ou des sages
Vous avez, en rêvant, ployé les deux genoux....

Moi, je n'ai point quitté mon vallon solitaire;
Mais laissant à la mort et l'ombre le mystère,
J'ai vu les hommes vivre,.... et je sais plus que vous!

Octobre 1853.

LE CHANT DE MIGNON.

Connais-tu les rives dorées
Des rayons d'un ardent soleil,
Où les colonnades sacrées
Brillent à l'horizon vermeil,
Où, bercé de molles haleines,
L'oranger, au bord des fontaines,
S'épanouit pour embaumer?....
Oh! viens dans ces riantes plaines,
C'est là, là que je veux t'aimer!

Connais-tu les monts où la brume
Dérobe le douteux sentier,
Le torrent qui mouille d'écume
Les pas du hardi muletier?
Les connais-tu, ces hautes cimes,
D'où l'œil, à travers les abîmes,
Peut s'éblouir ou se charmer?...
Oh! viens sur ces hauteurs sublimes,
C'est là, là que je veux t'aimer!

Connais-tu les sacrés portiques
Où passaient de si grandes voix,
Les débris des autels antiques

Qui surgissent au fond des bois?
Les connais-tu, ces nobles toiles,
Où, sous le baiser des étoiles,
Les vierges semblent s'animer?...
L'art et l'amour n'ont pas de voiles,...
C'est là, là que je veux t'aimer!

Viens, qu'à moi ton destin s'enlace!
Sous ce gris et terne horizon,
Mon œil s'éteint, mon cœur se glace,
De la mort je sens le frisson!
Mourir! — oh! non! je veux renaître,
Au flambeau qui me donna l'être,
Me réchauffer, me rallumer!
Viens sous mon ciel d'azur, ô maître...
C'est là, là que je veux t'aimer!

Octobre 1853.

A MON PETIT AMI F. P.....

EN LUI DONNANT SON PREMIER LIVRE.

Enfant sur qui se penche
　　L'œil maternel,
Ame limpide et blanche
　　Qui viens du ciel;

Charmante fleur que berce
　　Un matin frais,
Calice où l'aube verse
　　Ses dons secrets;

Papillon dont les ailes
　　Gardent encor,
Sous des abris fidèles,
　　Leur poudre d'or;

Enfant, dont l'œil reflète
　　Un paradis,
De toi je m'inquiète,
　　Car tu grandis!

20

Car cet œil qui rayonne
        Plein de douceur,
Se fixe et questionne
        Ou mère ou sœur;

Car du sein qui te presse
        Tu veux avoir
Plus que de la tendresse...
        Tu veux savoir!

Savoir! — un jour, peut-être
        Entre nos bras,
Enfant, de trop connaître
        Tu te plaindras.

Mais pourquoi ce présage
        Sur ton berceau?
Dans l'azur bleu tout nage :
        Vas, jeune oiseau!

Vas où l'instinct t'appelle;
        Viens, jeune esprit,
Viens essayer ton aile :
        Le ciel te rit!

La science est un monde
        Au tien pareil,
Que de clartés inonde
        Un pur soleil.

Pour nous, plus d'un nuage
        Qui flotte autour,

Voile de ce rivage
 Le pur contour ;

Mais pour ouvrir les ombres
 Il est deux clés ,
Les lettres et les nombres...
 Tiens , reçois-les !

Elles sont dans ce livre
 Ces deux clés d'or ;
Enfant, je te les livre ;
 C'est un trésor !

Mais ta mère m'écoute
 En souriant ;
Pour te montrer la route
 Et l'Orient,

Je n'ai que des paroles,
 Triste rêveur :
Elle a ces deux boussoles ,
 L'âme et le cœur !

Janvier 1851.

LE CHASSEUR D'ISARDS *.

Allons, mes guêtres, Magdeleine,
Mes bonnes guêtres de peau d'ours,
Mon havresac, ma gourde pleine,
Du pain et des noix pour deux jours.
L'oiseau chante : le vent d'Espagne
Au loin disperse les brouillards ;
Ce soir je gravis la montagne,
Je sais où dorment les isards.

J'ai dix balles dans ma ceinture,
Mon fusil ne manque jamais ;
Sans hésiter je m'aventure
Sur les neiges des hauts sommets ;
Et de l'abîme qui bouillonne,
Calme, j'affronte les hasards ;
Demain la chasse sera bonne,
Je sais où dorment les isards.

Femme, ne pleure pas, mais prie,
A l'église, d'un cœur fervent,
Les saints et la vierge Marie
De modérer l'aile du vent.

* Cette pièce a été mise en musique par M. F. Soubies.

Je te promets, si Dieu m'envoie
Un seul rayon pour mes regards,
Un beau jupon rayé de soie :
Je sais où dorment les isards.

A la Saint-Jean, sur la pelouse,
Quand tu viendras danser, le soir,
Je veux qu'à tes côtés, jalouse,
La plus riche n'ose s'asseoir.
Chasse l'ennui qui te possède,
Allons, embrasse-moi... je pars.
Que ton amour me soit en aide :
Je sais où dorment les isards.

Il partit, quand la lune pâle
Blanchit la crête des glaciers,
Et des gorges du Vignemale
Il suivit les rudes sentiers.
En songeant à sa Magdeleine,
Il s'accrochait aux blocs épars,
Et disait, reprenant haleine :
Je sais où dorment les isards.

De l'imprudent, vers les abîmes,
La brume conduisit les pas ;
Deux fois l'aube dora les cimes ;
Mais le chasseur ne revint pas.
Et depuis une pauvre veuve
S'en va chantant, les yeux hagards :
« Demain j'aurai ma robe neuve,
» Il sait où dorment les isards. »

Janvier 1851.

SOIRÉE DE JUIN.

Déjà l'ombre descend dans le creux des vallées,
Et les souffles du soir, à travers les feuillées,
    Bercent les nids joyeux ;
La nature éveillant toutes ses harmonies,
Commence dans les airs pleins de voix infinies
    Son chant mystérieux.

Les moissons que Dieu fait si blondes et si belles
Ondulent sous la brise, et doucement rebelles,
    Font jaser leurs épis ;
Et les fleurs, murmurant d'ineffables paroles,
S'inclinent, pour bercer dans leurs fraîches corolles
    Les sylphes endormis.

Les ruisseaux transparents ont des teintes dorées ;
Les grands bois, à travers les plaines azurées,
    Répandent leurs doux bruits ;
L'arbre jette dans l'eau sa silhouette brune,
Tandis qu'à l'orient, pâle et blanche, la lune
    Monte au front bleu des nuits.

Avant que le soleil, derrière la colline,
Dans les nuages teints de sa pourpre divine

S'éteigne radieux,
Avant que les coteaux, ensevelis dans l'ombre,
S'effacent sous les plis de cette robe sombre
          Qui pend au bord des cieux ;

Admirez ! admirez ! tour, église, chaumière,
Tout nage dans les flots d'une ardente lumière,
          Rayon venu de Dieu ;
Puis, au loin confondant leurs caprices étranges,
Les brouillards indécis pendent comme des franges
          A l'horizon en feu.

Maintenant à travers les feuilles et les branches,
Regardez ; c'est la ville avec ses maisons blanches,
          Entre deux verts coteaux ;
Dans sa plaine fertile et des vents caressée,
Elle est comme un beau cygne, indolente et bercée
          Au murmure des eaux.

Durant les belles nuits, quand la lune est sereine,
La montagne répand sur la molle sirène
          Ses souffles embaumés ;
Et les hauts peupliers, agitant leurs ramures,
Lui jettent chaque soir ces doux et longs murmures,
          Qui nous disent : aimez !

Oh ! dans ce coin de terre où tout rit, où tout chante,
Où le bonheur paisible, urne toujours penchante,
          Est prodigue d'amour,
Sous des cieux enchantés, dans ce nid de colombes,
Où Dieu mit nos berceaux — hélas ! bien près des tombes —
          Heureux qui voit le jour !

Heureux qui s'arrêtant sous ces calmes ombrages,
Loin du bruit, sans livrer sa vie aux grands orages
          Qui fondent sur les mers,
Voit les hommes passer, chacun avec son rêve,
Tel que le vieux pêcheur qui, debout sur la grève,
          Sourit aux flots amers !

Maintenant, l'œil fixé sur ces doux paysages,
Répondez, ô mortels, qui vous croyez bien sages
          Et bien sûrs du bonheur;
Dites-moi si les buts que l'homme se propose,
Fortune, ambition, hélas! bien peu de chose
          Pour l'âme et pour le cœur !

Dites-moi si les chants des grands jours de victoire,
Dites-moi si les cris de l'orageux prétoire,
          Si tout ce bruit humain,
Vaut un rayon du soir sur les hautes collines,
Un coucher de soleil, plein de choses divines,
          Une fleur du chemin !

Oh! les soirs de printemps ont des teintes si douces!
Les ondes, les épis, les bois, les prés, les mousses,
          Tout se dore : voyez!
Sous le feuillage obscur la lumière se joue,
Et l'arbre, obéissant à l'air qui le secoue,
          La répand à vos pieds !

L'heure est calme; écoutons. Comme une lyre immense,
Tout s'émeut, tout frissonne, et l'hymne saint commence
          Sous le dôme éternel;
L'oiseau donne son chant, l'insecte son murmure,

Et d'ineffables chœurs, de ton sein, ô nature,
      S'élèvent dans le ciel !

Dans les tilleuls fleuris, dans les chênes superbes,
Les brises en soupirs, et les rayons en gerbes
      S'épanchent à la fois ;
Mais Dieu dans toute chose a mis un grand mystère ;
Qui nous dira, Seigneur ! si l'ombre et la lumière
      N'ont pas aussi des voix !

Jadis des hauts palmiers diaprant la verdure,
L'aurore, en s'éveillant, tirait un long murmure
      Des lèvres de son fils ;
Le temps a renversé les dieux et les symboles,
Et moi, je crois encore aux antiques paroles
      Des sages de Memphis !

Aujourd'hui, comme alors, la lumière éclatante
Brille sous le ciel bleu, majestueuse tente,
      Pavillon radieux ;
Aujourd'hui, comme alors, des bois et des collines
Elle tire ces chants et ces notes divines
      Qui montent vers les cieux ;

Aujourd'hui, comme alors, des êtres et des mondes,
Triste rêveur qui passe entre deux nuits profondes,
      L'homme écoute les chants,
Et pour trouver un sens à ces hymnes sonores,
Contemple tour à tour les riantes aurores
      Et les soleils couchants ;

Aujourd'hui, comme alors, des questions humaines,

La pensée, à l'étroit dans ses obscurs domaines,
      Veut pénétrer le fond ;
Aujourd'hui, comme alors, la nature invoquée
Se voile, énigme sombre et jamais expliquée,
      Et rien ne nous répond !

Qu'importe! aux bords des lacs, sur les monts, sur les grèves,
Asseyons-nous toujours, poètes aux longs rêves,
      Aux larges visions ;
Et dans le sens de Dieu qu'obscurcissent nos doutes,
Commentons par l'esprit, qui les recueille toutes,
      Les voix par les rayons !

Groupes humains jetés, comme les chœurs antiques,
Dans un drame éternel plein d'échos sympathiques,
      Qui vibrent en tout lieu ;
Poètes, expliquons dans la langue des âmes
Les soupirs, les parfums, les rayons et les flammes.....
      Nous expliquerons Dieu !

                              Juin 1854.

LA MER SOUS BIARRITZ, UN JOUR DE TEMPÊTE *.

A MON VIEIL AMI S.... P......

Ami, que sur les flots ont suivi mes pensées,
Bien des fois, racontant vos longues traversées,
Vous m'avez ébloui des splendides tableaux
Qui flottent vaguement sur la face des eaux,
Sur cette mer immense, à la voix solennelle,
Qui se roule aux flancs nus de l'antique Cybèle.
Vous m'avez dit les mâts frissonnants et ployés,
Les mornes horizons dans les brumes noyés,
Les oscillations de la vague marine,
L'Océan qui respire ainsi qu'une poitrine,
Les sillons de la foudre et les rages du vent
Qui brisent les vaisseaux sur le gouffre mouvant;

---

* Cette pièce a été placée hors de l'ordre indiqué par sa date pour
être rapprochée de la suivante, qui a été inspirée, sinon par le même
spectacle, du moins par le même lieu.

Puis, soudain à mes yeux ouvrant une autre scène,
Vous me montriez la mer qui blanchit sous Misène,
A l'heure où sur les flots mollement aplanis,
La barque obéissant aux bruns Lazzaronis,
Ecoute vers le soir comme une voix errante,
Qui porte un chant d'amour de Naples à Sorrente ;
Douce mer où Dieu mit ces mille bruits charmants,
Qui se mêlent si bien aux soupirs des amants.
Tout plein de ces récits où la merveille abonde,
Esprit toujours penché sur l'abîme qu'il sonde,
J'ai voulu contempler, miroir souvent terni,
Cette mer qui nous aide à rêver l'infini,
L'Océan monstrueux qu'une invisible chaîne
Rattache aux corps flottants de la céleste plaine,
Et qui fermant aux yeux ses cavernes sans fond,
En tire un bruit si morne, un râle si profond !

Le ciel était brumeux ; le vent par intervalles
Ployait les arbres nus sous ses longues rafales ;
La mouette rasant les pointes du récif,
Jetait aux bords des eaux son cri triste et plaintif
Et le flot qui battait la côte inabordable,
Chantait avec le vent ce duo formidable,
Qui ressemble à la voix des morts ensevelis
Appelant sous la vague, aux éternels replis,
Les nochers que la houle, aux cent gueules béantes,
Vient écraser au pied des falaises géantes !
De l'abîme entr'ouvert un bruit sourd et puissant
Sortait, et tour à tour montant et s'abaissant,
Epouvantait les airs ; on eût dit la tempête
Embouchant avec rage une immense trompette,
Et jetant à la fois vers tous les horizons

Ces lugubres appels, ces effroyables sons,
Qui semblent exciter, pleins d'un sombre mystère,
Les vagues en courroux à l'assaut de la terre!
Tout à coup l'Océan, de crêtes hérissé,
Apparut à mes yeux sombre et bouleversé;
Et comme remué par un levier énorme,
Il se roulait grondant, furieux et difforme.
Tels que des cavaliers couverts de blancs manteaux,
Les flots tumultueux sur la plaine des eaux
Couraient, et s'élevant sur une mer plus haute,
De gradins en gradins escaladaient la côte.
Gigantesques frontons, que l'écume a sculptés,
Les granitiques blocs par la vague heurtés,
S'abaissaient lentement sous la marée ardente
Qui sans cesse montait sourde, aveugle, grondante!
Et j'étais là muet et le front incliné,
L'âme dans le regard, ébloui, fasciné,
Et demandant en vain à chaque langue humaine
Un mot pour le jeter à cette grande scène!
Oh! comme notre orgueil croule et s'anéantit!
Combien je me sentais humble, frêle et petit,
Devant cet Océan qui, menaçant et sombre,
Absorbe les vaisseaux dans ses gouffres sans nombre!
Mystérieux pouvoir que rien ne peut dompter,
Voix profonde qui jette à qui vient l'écouter
Des marins engloutis, lamentables victimes,
Les râles étouffés sous les mornes abîmes!
Et pourtant cette mer qui mugit sourdement,
Et bat le rocher nu de son flot écumant,
Cette orageuse mer si fertile en désastres,
S'apaise, et cristal pur réfléchissant les astres,
Incline mollement, ainsi que des berceaux,

Les navires flottant sur ses profondes eaux,
O Seigneur! la nature est un sombre mystère;
Et le penseur, debout ou penché sur la terre,
Regarde, sonde, scrute et n'ose croire à rien;
Le doute est dans l'esprit, le mal est dans le bien,
L'abîme est sous l'azur, et le deuil sous la fête;
L'homme a la passion, l'Océan, la tempête!

Mars 1843.

LA CROIX ET LE PHARE.

Jadis quand ils passaient, tremblants dans les mâtures,
Sous la noire falaise, aux géantes sculptures,
Jouets du vent, jouets du gouffre aux mille voix,
Vos pères, ô nochers de cette mer sauvage,
Cherchaient, espoir suprême ! au loin, sur le rivage,
Durant les sombres nuits, cherchaient la vieille croix !

Et quand l'éclair ouvrant l'ombre de la tempête
Leur découvrait le signe, — humbles, courbant la tête,
Ils priaient le Seigneur de bénir leur effort ;
Ils priaient, et la foi ranimant leur courage,
Ils se sentaient plus forts que les flots et l'orage...
Et la barque rasant l'écueil entrait au port !

Aujourd'hui se penchant encore sur la grève,
Sur le même rocher la même croix s'élève ;
Et pourtant, ô marins, quand se couvrent les cieux,
Sous le feu de l'éclair quand la vague étincelle,
Quand le gouvernail crie et que le mât chancelle,
Ce n'est pas sur la croix que se fixent vos yeux !

Vous regardez au loin, quand votre nef s'égare,
Le feu changeant qui tourne à la pointe du phare,
Haut fanal qui vous trace un lumineux chemin ;

Et malgré l'ouragan qui siffle dans la voile,
Vous arrivez au port, conduits par cette étoile
Que l'homme chaque soir allume de sa main !

Vos pères faisaient bien ; vous faites mieux encore.
Ils croyaient, ils allaient. Aux jours où l'homme ignore,
La foi, c'est le rayon, la foi, c'est le flambeau,
Qui nous guide à travers les ombres et les doutes ;
C'est le phare éclairant les plus lointaines routes,
L'abîme de la mer et celui du tombeau !

Vous croyez, vous aussi, marins ; et vents, orages,
Éclairs, foudres, brisants, écueils, trombes, naufrages,
Vous bravez tout, suivant de l'œil un faible feu ;
Mais dans cette lueur, comme jadis vos pères
Dans la croix que cherchaient leurs tremblantes paupières,
Vous avez foi, marins... et vous adorez Dieu !

Sur ta grève, ô Biarritz, debout, un soir d'automne,
Je murmurais ces chants. La vague monotone
Se brisait à mes pieds avec de longs sanglots ;
Et la croix qui la nuit verse plus de mystère,
Étendait jusqu'à moi son ombre solitaire ;
Mais le phare superbe illuminait les flots !

Un rayon échappé de l'ardente coupole
Venait en se jouant tomber sur le symbole,
Qui vit se prosterner tant de fronts éclatants ;
Mais l'ombre n'en était que plus triste et plus morne ;
Je détournai les yeux vers l'horizon sans borne ;
Le ciel resplendissait..... et je rêvai long-temps !

Novembre 1854.

LA RAMEUSE DU PASSAGE.

—

A MON AMI EMM. G........

I.

Que n'es-tu née, ô jeune fille,
Dans les campagnes où l'Arno
Sur un sable d'argent scintille,
Et semble de l'astre qui brille
Bercer le croissant ou l'anneau?

Aux bords où la strophe du Tasse
Chante sur l'aile des zéphirs,
Où sur les flots tout vent qui passe
Emporte et sème dans l'espace
Et des parfums et des soupirs?

Ou bien sur la plage tranquille
Qu'au loin parfume l'oranger,

Où sillonnant l'azur mobile,
Sous l'antre vert de la sibylle,
Les poètes viennent songer?

Ton nom sur la stance amoureuse
Aurait voltigé dans les airs,
Et sous Baïa que l'onde creuse,
Nommé quelque presqu'île heureuse
Que frange l'écume des mers!

L'extase eût dit ta jambe fine,
Ton pied mutin, ton front vermeil,
Ce que l'œil voit, ce qu'il devine;
L'amour t'aurait faite divine,
Enfant, au pays du soleil!

Mille amants, le cœur en délire,
Comme les poissons aux filets,
Seraient venus à ton sourire;
L'un à tes pieds eût mis sa lyre,
L'autre son or et ses palais.

Mais un proscrit, âme hautaine,
T'eût dit : « Je n'ai que mon fusil,
» L'air du ciel, l'eau de la fontaine;
» Veux-tu bien épouser ma haine? »
Et toi : « J'épouse ton exil! »

II.

Mais tu naquis, un soir d'automne,
Sur les rocs nus où l'Océan,
Soit qu'il s'apaise, soit qu'il tonne,
Roule sa plainte monotone,
Soupir ou râle de géant!

Du vent d'hiver la rude haleine
Te mordit de son aiguillon,
Et souvent, sur l'humide plaine,
Tu vis de la barque trop pleine
L'abîme effacer le sillon!

Au lieu des parfums que Misène
Echange avec le vent des soirs,
Pauvre enfant, qui vivais à peine,
Tu respiras l'algue malsaine
Rampant au pied des îlots noirs;

Au lieu des chants d'amour que jette
La brise ardente aux flots lascifs,
Tu n'entendis que la mouette
Sifflant son cri dans la tempête,
Son cri du haut des blancs récifs.

Pourtant une grâce infinie
Me fascine, quand je te vois;

Elle marche, à tes pas unie,
Et ton corps est une harmonie,
Comme ton chant, comme ta voix !

Et quand plissant ta lèvre rose,
Le sourire vient s'y poser,
Le plus sage, le plus morose,
Voudrait, oh ! la charmante chose !
Le recueillir dans un baiser !

Souris donc, fille du Passage,
Comme le ciel bleu nous sourit ;
Tourne vers moi ton doux visage ;
Je ne suis ni rêveur ni sage,
Enfant ! mais je suis un proscrit !

Vois-tu là bas, dans cette brume
Qu'embrase la pourpre du soir,
De mes aïeux l'humble toit fume ;
Mon cœur se remplit d'amertume ;
Près de moi viens, oh ! viens t'asseoir !

Viens ! — on dit qu'aux lèvres des femmes
Naissent des mots pleins de pitié,
Qui font, mystérieux dictames,
Dormir le passé dans les âmes.....
Hélas ! je n'ai rien oublié !

Ni ma mère qu'à sa fenêtre
Venaient becqueter les oiseaux,
Ni les arbres qui m'ont vu naître,

Ni le chien qui pleure son maître,
Ni les tombes, ni les berceaux !

Mais ton œil suit la voile blanche
Que vers nous amène le vent,
Où ployant, léger, sur la hanche,
Le jeune rameur qui se penche
Te sourit en se relevant !

Adieu l'espoir, adieu mon rêve,
Adieu cette ombre de bonheur,
Adieu l'oubli ! — l'astre se lève ;
Ce soir tu viendras sur la grève
Chanter avec ton beau pêcheur !

Que n'es-tu née, ô jeune fille,
Aux bords que presse un flot vermeil,
Où dans l'azur bleu qui scintille,
Amoureuse, la lune brille
Et réchauffe comme un soleil !

Là, sous l'oranger qui s'incline,
L'amour, plus doux que la pitié,
Quand le jour meurt sur la colline,
M'eût parlé sa langue divine....
Et j'aurais peut-être oublié !

Décembre 1854.

LE CASTILLO DE SAINT-SÉBASTIEN.

Souvenir d'Espagne.

A MADAME CAROLINE P.....

I.

Vous m'aviez dit : « c'est beau, c'est grand, c'est magnifique. »
Je gravis le roc nu. Superbe et pacifique,
L'Océan déroulait son immense miroir
Qui se teignait au loin de la pourpre du soir ;
La mouette livrant au flot ses ailes grises
Se laissait mollement caresser par les brises ;
Des voiles se montraient, blanches à l'horizon,

Et les joyeux pêcheurs envoyaient leur chanson
Rhythmée au bruit égal des rames cadencées,
Aux grèves où dansaient leurs belles fiancées.
La paix était partout sur les profondes eaux.
Rêveur, je vins m'asseoir sur un de ces tombeaux, *
Où le cyprès tordu par le vent des falaises
Me semblait murmurer des syllabes anglaises,
Et transmettre, plaintif, aux fils morts de Fingal
Comme un vague soupir du rivage natal !

Tantôt mon œil flottant sur la mer aplanie,
Suivait de l'horizon la courbe indéfinie,
Et tantôt remontant la rive et ses contours,
Je voyais se dresser les phares et les tours,
Se dessiner, tout pleins de lumineux sillages,
Les anses et les ports, où nichent les villages ;
Ici, la côte abrupte et droite comme un mur,
Là, les monts couronnés de neiges et d'azur,
Les dunes où le pin frissonne comme l'herbe,
Les sables où sans bruit meurt le fleuve superbe,
Les rocs aëriens hérissés de canons,
Les coteaux déroulant leurs gracieux chaînons,
Les cités que là bas un lointain gris efface,
Dont un peu de fumée hélas ! marque la place,
Les isthmes allongeant leurs grands bras, les flots
Nouant à leurs flancs nus la ceinture des flots,
Les bois apparaissant comme des taches d'ombre ;
Enfin, du golfe bleu la courbure plus sombre

---

* Le cimetière des Anglais tués dans la dernière guerre se trouve sur un des flancs du Castillo.

Fuyait et s'enfonçait dans les brumes du soir;
C'était beau, c'était doux, c'était splendide à voir!
Tableau prodigieux fourmillant comme un rêve,
Que l'œil fatigué livre à l'esprit qui l'achève
Dans le vague infini sans forme et sans couleurs....
J'admirais, et pourtant mon âme était ailleurs!

II.

Ce n'était ni la voile blanche
Qui le soir passe à l'horizon,
Ni la barque d'où, le dimanche,
Le jeune pêcheur qui se penche,
Aux grèves jette sa chanson;

Autour des croix où l'herbe pousse,
Sur un rocher battu des eaux,
Ce n'était point la plainte douce
Que le cyprès vêtu de mousse
Murmure aux morts dans les tombeaux;

Ce n'était point l'ardente zone
Qui des mers sépare les cieux,
Ni la falaise qui résonne,
Ni l'anse où le flot s'emprisonne
Dans les gouffres silencieux;

Ni les flots coupés des rives,
D'où les algues pendent sur l'eau;

Ce n'étaient point, ondes captives,
Flots bleus, vos longues perspectives,
Terre, ton immense tableau !

Ni les vieux forts, ni les tours neuves,
Ni les pins sur la dune épars,
Ni les sables buvant les fleuves,
Ni les cités, reines ou veuves,
Qu'au loin effaçaient les brouillards ;

Ce n'étaient point, aspects sublimes,
Troublant l'esprit autant que l'œil,
Les montagnes, aux fières cimes,
La mer, le ciel, ces deux abîmes,
Qui me fixaient sur cet écueil !

Ma vue errait, triste et lassée,
Allant des splendeurs aux débris ;
Mais là, sur la pierre glacée,
Mon âme d'angoisse oppressée
Près des morts songeait aux proscrits !

A ceux qui de ces rocs sauvages
Voient fuir le flot calme ou grondant,
Et de mystérieux messages
Chargent les vents et les nuages,
Et qui pleurent en regardant !

A vous qui, des rives de France,
Vîntes un jour près de ces eaux,
Comme l'ange de la souffrance,
Porter aux bannis l'espérance
Et le sourire des berceaux !

Je me disais qu'à cette place
Où rêvant sous l'if éploré,
Je suivais la voile qui passe,
En plongeant votre œil dans l'espace,
Vous aviez peut-être pleuré !

Et sur ce roc d'où l'œil s'égare
Dans les horizons infinis,
J'oubliais la tour et le phare,
Le flot qui tombe ou qui s'effare,
Tout — hormis vous et les bannis !

III.

Ainsi, l'immense golfe aux vagues éclatantes,
Où les plus lourds vaisseaux flottent comme des tentes,
Cette plaine d'azur qui s'unit au ciel bleu,
Cet infini de l'œil qui fait rêver de l'autre,
Et qui parle plus haut que la voix de l'apôtre
Des mystères profonds et des gloires de Dieu ;

Ainsi, ces horizons et ces grands paysages,
Qui troublent le poète et font rêver les sages,
M'éblouissaient en vain d'un spectacle géant ;
O puissance du cœur ! ô triomphe de l'âme !
Un rêve, un souvenir, une image de femme,
T'effaçaient à mes yeux, ô splendide Océan !

Janvier 1855.

LA FÉE-MÈRE.

—

A MON AMI EUGÈNE G.......

I.

C'était quand juin ramène aux montagnes fleuries
Les troupeaux qui joyeux bondissent sur leurs flancs;
Deux pâtres, suspendant leurs longues causeries,
Reposaient, étendus auprès de leurs chiens blancs;

Quand se montrent soudain deux femmes inconnues
Dont le regard flottait, doux et triste à la fois;
Venaient-elles des eaux, venaient-elles des nues?
Les bergers regardaient et demeuraient sans voix.

Mais elles s'approchant : « O pasteurs, dirent-elles,
» Voyez nos tresses d'or et nos fronts gracieux;
» Ne vous effrayez pas, enfants, nous sommes belles,
» Et l'amour peut briller dans l'azur de nos yeux!

On dit que dans vos bois, pleins d'odorants calices,
» Le vent a des soupirs qui vous disent : aimez!
» Nous voudrions, nous aussi, goûter à ces délices,
» Et sentir sur nos fronts les souffles embaumés!

» Mais un sort nous enchaîne aux demeures profondes
» Où ne viennent jamais les caresses des vents;
» Vous pouvez nous ravir, bergers, aux froides ondes,
» Et nous rendre au soleil qui luit pour les vivants!

» Le voulez-vous? parlez, nous serons vos épouses;
» Notre dot est superbe; et vous aurez encor,
» Pour guider vos agneaux sur les vertes pelouses,
» De beaux enfants vermeils qui valent mieux que l'or! »

Les vierges à ces mots rougissent; sur la mousse
Comme un voile doré traînent leurs cheveux blonds;
Leur regard est si pur et leur voix est si douce
Que les pâtres charmés disent : nous le voulons!

— « Eh bien! aux mêmes lieux menez demain vos chèvres;
» Mais gardez bien surtout, gardez bien, ô bergers,
» Que nul mets, jusqu'au soir, n'approche de vos lèvres,
» Ni lait de vos troupeaux, ni fruit de vos vergers! »

Ils promirent. Alors des gracieuses fées
Les formes dans les eaux s'effacèrent sans bruit;
Mais quelque temps leurs voix sous la terre étouffées
Mêlèrent comme comme un chant aux soupirs de la nuit!

II.

Le lendemain, à l'heure où dans les cieux bleuâtres
Se détachent les pics de neige couronnés,
Les vierges étaient là, qui souriant aux pâtres,
Les appellent de loin et leur disent : venez !

Or, déjà les moissons jaunissaient dans la plaine,
Et les seigles jasaient sur le bord du chemin ;
Un épi que du vent berçait la tiède haleine
De l'un des deux bergers sollicite la main.

Il le prend, et distrait, de sa bouche il approche
Un des grains, le plus beau, qui gémit sous la dent ;
Sa compagne tressaille, et l'œil plein de reproche :
« Qu'as-tu fait, qu'as-tu fait, ô berger imprudent?

» Tu me rends à la nuit, tu me rends à la terre,
» Moi qui voyais en toi le ciel, moi qui t'aimais !
» Adieu pour moi la vie et son plus doux mystère ;
» Je suis morte à l'amour, je suis fée à jamais ! »

Mais l'autre se tournant vers le berger plus sage :
« Le charme s'est enfui... je te donne ma foi.
» Mais avant que ta bouche effleure mon visage,
» Fiancé de la fée, écoute et souviens-toi !

» Je t'appartiens. Toujours tendre, douce, fidèle,

» En toi seul je mettrai ma joie et mon amour ;
» Mais que jamais ta voix, ô berger, ne m'appelle
» Folle ni fée, ou bien tu me perds sans retour. »

Et tandis qu'elle parle, un serpent vert et rose
S'entortille au bâton du bel adolescent ;
Il monte, et redressant son cou svelte, il dépose
Aux lèvres de l'époux un baiser caressant.

Sceau terrible et sacré de l'union mystique !
Le berger le reçut sans crainte, et tout joyeux,
Le rendit à l'instant à la vierge pudique
Qui rougit de bonheur et regarda les cieux !

Ils entrèrent alors sous la voûte profonde
Qui dans l'ombre cachait un merveilleux trésor ;
Et tous deux, accroupis, comme on puise dans l'onde,
Du matin jusqu'au soir ils puisèrent dans l'or !

Deux robustes mulets ployèrent sous la charge ;
L'ardoise remplaça le chaume des aïeux ;
Et chaque jour accru, le domaine plus large
S'étendit aussi loin que s'étendaient leurs yeux !

Le ciel sur eux versa tous ses dons ; la faucille
Dans leurs champs abattait la plus riche moisson,
Et, groupe blond et rose, orgueil de la famille,
Les enfants de leur rire égayaient la maison !

Les ans se succédaient ; l'épouse toujours belle
Riait, soir et matin, à l'époux toujours beau,

Qui parfois s'éloignant se reposait sur elle
Du travail de la ferme et des soins du troupeau.

Or, il advint qu'un jour il partit dès l'aurore,
Par un ciel plein de calme et de sérénité ;
Les blés, hauts et touffus, n'étaient pas mûrs encore,
Mais jaunissaient déjà sous le soleil d'été.

Tout à coup, vers midi, l'active ménagère
Court à ses gens. — Le ciel reluisait toujours pur
Mais, soit qu'elle y vit poindre une tache légère,
Soit que, fée, elle pût lire encor dans l'azur :

« Vite, vite, prenez vos faucilles, dit-elle ;
» Courez à nos moissons, allez, enfants, allez ;
» Il faut qu'avant l'orage, il faut qu'avant la grêle,
» Vous ayez abattu, moissonneurs, tous nos blés. »

Elle dit : à travers les coteaux et les plaines
Tourbillonne l'essaim des faucheurs empressés,
Si bien, qu'avant le soir, les granges étaient pleines,
Et les greniers ployaient sous les grains entassés.

Quand le maître aperçut, rasés comme des landes,
Ses champs où ne restait que le chaume roussi,
Pleurant de ses guérets les joyeuses guirlandes,
Il s'écria, de loin : « Qui donc a fait ceci ? »

Lors l'épouse survient qui sourit et l'embrasse,
En lui disant : « C'est moi. » — « Toi, folle, se peut-il ? »
A ces mots elle jette un cri... Son corps s'efface...
Et, fée, elle retourne au froid et morne exil.

Le soir même, broyant les blés sur son passage,
La trombe aux champs voisins détruisit la moisson;
L'époux comprit alors combien elle était sage
Celle dont l'œil serein veillait sur sa maison !

Cependant, mère tendre, épouse désolée,
Elle hantait encor le nid de son amour;
Chaque matin s'ouvrait une chambre isolée
Où venaient ses enfants aussi beaux que le jour.

Là , couvrant de soupirs, de baisers , de tendresses,
Ces têtes où passait comme un reflet des cieux,
Elle aimait à nouer leurs longs cheveux en tresses,
Ou bien à les répandre en bandeaux gracieux.

Et le père voyant onduler et reluire
Le merveilleux travail où se jouaient les vents,
Disait, dans leurs doux yeux en vain cherchant à lire :
« Qui donc vous pare ainsi, qui donc, ô mes enfants? »

Mais comme ils observaient un silence fidèle,
Les guettant au réveil, un jour il les suivit;
Et s'effaçant dans l'ombre, il vit encor plus belle
Qu'au jour de leur hymen, — pâle et tremblant, — il vit

L'épouse se pencher sur le groupe candide,
Et tandis que sa voix lui murmurait des vœux,
Effleurer, souriante, et pourtant l'œil humide,
De son peigne enchanté l'or de ces beaux cheveux.

Mais la mère tressaille et son front se relève;

Elle voit... Les cheveux échappent à ses doigts...
Et s'évanouissant elle fuit comme un rêve...
Tous l'eurent vue hélas! pour la dernière fois.

III.

Ami, je vous le rends pour l'épaisse guirlande
Où vous entrelacez tant de mythes obscurs,
Ce doux récit qui tremble au front de la légende,
Comme une fleur d'automne aux fentes des vieux murs.

Maintenant dites-nous les pâtres poétiques,
Qui dans leur cape blanche attendaient le soleil,
Et le cœur tout ému des merveilles antiques,
Priaient en s'endormant et priaient au réveil!

Dites-nous la chanson que chante aux bords des Gaves
La brune jeune fille en retournant le foin,
Ces paroles d'hier qu'emportent, doux et graves,
Les vieux rhythmes ailés qui viennent de si loin!

Dites ces fortes lois, au sol enracinées,
Qui protégeaient le seuil, l'étable et la moisson,
Et faisaient le pasteur des grandes Pyrénées
Libre sur sa montagne, et roi dans sa maison!

Mais hâtez-vous, ami; la légende s'efface,
Le pâtre voit moins clair dans le livre des cieux;

Et l'écho, dont la voix s'affaiblit dans l'espace,
Redit plus vaguement les rhythmes des aïeux !

Les temps sont accomplis. La science nouvelle,
Soleil resplendissant, monte vers le zénith ;
En elle désormais Dieu luit et se révèle...
Le passé fut un songe... et le songe finit !

Mai 1855.

UN BRUIT.

La faux étincelait dans les vertes prairies ;
Des enfants affaissaient les tas d'herbes mûries ;
La brune jeune fille, au sourire agaçant,
Par mille mots joyeux provoquait le passant ;
Et plus loin un vieillard couché sous un grand chêne,
Contemplant les moissons qui jaunissaient la plaine,
Bénissait le Seigneur qui donnait à ses champs
Les beaux épis dorés, la paix à ses vieux ans.
Mais bientôt un bruit sourd, voix profonde qui glace,
Et tel qu'un grand sanglot étouffé dans l'espace,
Fait tressaillir l'enfant sur le sol ébranlé ;
Il regarde le ciel ; le ciel n'est pas voilé.
Le bruit déchire l'air à de courts intervalles ;
L'effroi se peint au front des jeunes filles pâles ;
Puis, au vieillard dont l'âge appesantit le pas,
Qui porte sur le front une pensée austère,
L'enfant court demander pourquoi tremble la terre ;
Et le vieillard répond : « On fauche aussi là bas ! »

Juin 1855.

UNE TOMBE VIDE AUX BORDS DU LAC DE GAUBE.

> Le beau couple fut entraîné sous les flots;
> et quelques jours après, un même cercueil
> apportait sur la plage de Douvres ces amants,
> ces époux qui s'étaient élancés si joyeux dans
> la vie, et qui avaient rencontré la mort em-
> busquée à une des premières, à une des plus
> douces haltes du voyage.
>
> *(Récits de la montagne.)*

Du lac pur où les monts mirent leur sombre face,
Quand l'œil a parcouru la mobile surface,
    Qu'il a flotté long-temps
Sur cette onde azurée, où, poursuivant la brise,
Le rayon sème au loin des perles qu'il irise
    De reflets éclatants;

Quand il a remonté des bases jusqu'aux nues,
O Vignemale, roi des montagnes chenues,
    Tes ravins désolés;
Quand il s'est ébloui des splendeurs de tes brèches,
Et qu'il a dans l'azur compté toutes les flèches
    De tes pics dentelés;

Si las de suivre en vain l'éblouissant prestige,
Qui, changeant et léger, comme un lutin voltige
      Sur les moires de l'eau ;
Si las de se briser aux angles de la crête,
Il cherche le gazon qui repose, il s'arrête
      Sur un maigre tombeau !

Que dit la pierre noire et que dit l'urne blanche ?
Que dit, sous le sapin qui frissonne et se penche,
      Ce vain marbre poli ?
Une date, des noms... hélas ! ce que le lierre
Lentement, jour à jour, envahit sur la pierre,
      Et dans nos cœurs, l'oubli !

Et rien, plus rien. Le pâtre à l'un des coins s'adosse,
Confiant les brebis au fidèle molosse,
      Qui pour lui doit veiller ;
Et sans craindre des morts la visite muette,
Il s'allonge, et du marbre où s'incline sa tête,
      Se fait un oreiller !

Puis, dans les tièdes jours, la foule vient joyeuse,
Et sur la dalle où traîne une robe soyeuse,
      Chante et rit sans remords ;
La jeune enfant accourt, et, dans l'herbe accroupie,
Epèle, en grimaçant, des noms qu'elle estropie,
      Les noms sacrés des morts !

Oh ! pourquoi, blonds époux, qui su l'onde aplanie,
Dans le charme ineffable et l'extase infinie
      Fûtes bercés un jour,
Qui, sous le flot d'azur, d'où nul bruit ne s'élève,

23

Sentites s'en aller et finir comme un rêve
    La vie avec l'amour !

Pourquoi dans les doux plis du linceul diaphane,
Dans l'humide cristal, où rien ne se profane,
        N'êtes-vous pas restés ?
Sur votre souvenir oh ! pourquoi cette pierre,
Vous dont la vague bleue éteignit la paupière
        Dans les jours enchantés ?

Sans doute pour qu'un guide, ennuyé de la route,
Régale d'une histoire un oisif qui l'écoute
        En bâillant à demi ;
Pour qu'outrageant la mort et son chaste mystère,
Il brode sur ton rêve un hideux commentaire,
        Pauvre couple endormi !

Pour qu'éclatent ici les propos et le rire,
Que les banalités en foule viennent bruire
        Autour d'un vain tombeau ;
Pour que chacun enfin prenne à votre mémoire,
O vous qui n'êtes point sous cette dalle noire,
        Prenne un triste lambeau !

Vous êtes le récit, vous seriez la légende ;
Les blanches fleurs des eaux formeraient ta guirlande,
        Pure amante aux yeux doux ;
Et les pâtres couchés sous les sapins antiques,
T'écouteraient, au sein des brouillards fantastiques,
        Appeler ton époux ;

Ou bien, ils te verraient, sans ternir cette glace,

Raser le flot paisible, en y cherchant la place
    Où s'ouvrit le tombeau ;
Et belle de regrets et de mélancolie,
Aux rayons de la lune, hélas ! comme Ophélie,
    Semer des fleurs dans l'eau !

Ta plainte lentement s'en irait dans l'espace,
Mêlée aux longs soupirs de la brise qui passe,
    Mêlée aux chants des flots ;
Et mieux que par la pierre, où déjà l'herbe pousse,
Vos noms seraient gardés par la voix grave et douce
    Des fidèles échos.

Et visibles, la nuit, sur le blanc des nuages,
En se donnant la main, vos tremblantes images
    Flotteraient sur ces bords ;
Mais votre souvenir fut scellé dans cette urne....
Et loin d'ici, captifs du marbre taciturne,
    Vous n'êtes que des morts !

                Août 1855.

LA PREMIÈRE NEIGE DES PYRÉNÉES.

A MONSIEUR LOUIS D......

Il est un haut vallon, oasis solitaire,
Où semblent se pencher, noirs d'ombre et de mystère,
De gigantesques pics qui se dressent en tours,
Hantés par les isards compagnons des vautours.
Superbe et seul, un mont, aux formes colossales,
Domine ce chaos de montagnes vassales,
Et le soleil d'aplomb sur ce cône arrondi
Au berger qui regarde apprend qu'il est midi.
Là, quand l'épais gazon, près les neiges humides,
Verdit, se couronnant de quelques fleurs timides,
Avides d'herbe fraîche et de limpides eaux,
Avec leurs chiens velus montent les grands troupeaux;
Et des rudes pasteurs vêtus de blanche laine,
Les uns enfants des bois, les autres de la plaine,
Le groupe fraternel s'assied sur le granit;
Et pour mieux resserrer le lien qui les unit,

Pour diviser entre eux le commun pâturage,
Pour que tous aient leur part de soleil et d'ombrage,
Ils se donnent un chef, beau vieillard dont les yeux
Interrogent la nue et lisent dans les cieux
Ou l'orage ou le vent, ou la neige ou la brume ;
Qui sait tous les ravins où l'herbe se parfume,
Et ceux où croît la plante aux sucs réparateurs,
Et patriarche élu, sur ces âpres hauteurs,
Fait renaître et fleurir, dans sa forme biblique,
Des antiques pasteurs la douce république !

Or, un soir qu'à pas lents, mais bien sûr d'être admis,
Tout rêveur, je venais chez les pâtres amis,
Je trouvai sur le seuil de l'asile champêtre,
Assis, grave et serein, sur l'escabeau de hêtre,
L'Ancien, et près de lui, sur le bâton penchés,
Les jeunes qui semblaient à sa bouche attachés ;
Il disait de ces monts les antiques merveilles,
Longs récits qui du chaume encor charment les veilles,
Qu'attentif j'écoutai, que je redis sans art,
Simples, comme ils tombaient des lèvres du vieillard.

Il fut un temps — hélas ! loin des jours où nous sommes, —
Où d'un œil plus clément Dieu regardait les hommes ;
Alors ces vastes monts épargnés des hivers
Se paraient à l'envi de gazons toujours verts,
Et des troupeaux nombreux parqués dans cette plaine
Le lait était plus doux, et plus blanche la laine ;
Enfin, dans ce vallon par les cieux protégé,
Ni sur aucun des pics, il n'avait pas neigé !
Or là, riche et puissant, roi des montagnes grises,
Vivait un grand pasteur, nommé le vieux d'Arizes.

Le temps avait courbé sa tête, et de son corps
Détendu lentement les merveilleux ressorts ;
La barbe à son menton pendait comme une mousse
Au tronc d'un vieux sapin où nul jet ne repousse ;
Ses genoux chancelaient, mais il allait toujours,
Le saint pasteur comblé de grâces et de jours.
Enfant de la nature et vieux fils de la terre,
Des plantes et des fleurs il savait le mystère,
Et combinant leurs sucs, de tous les animaux
Et de l'homme lui-même il guérissait les maux.
Enfin il connaissait, à quel âge bornée,
Devait finir en Dieu sa longue destinée,
Et calme, sans regret comme sans repentir,
Des cieux il attendait le signal de partir !

Cependant s'approchait l'inévitable terme ;
Son œil était serein et son cœur était ferme;
Mais ses membres vaincus ployaient au moindre effort,
Et son front s'inclinait sous la main de la mort!
Ce que voyant ses fils, ils dirent : « Nul breuvage
» Du mal dans ce vieux corps ne suspend le ravage;
» Essayons de ce jus qu'on ne boit pas en vain. »
Et dans la coupe antique ils versèrent du vin.
Le vieillard ayant bu sentit comme une flamme
Qui réchauffa son sang et réjouit son âme;
Et penché sur ses fils qui priaient à genoux :
« D'où vient ceci, dit-il ; mes enfants, c'est bien doux;
» Certes, ce n'est pas fruit de la ronce. — Non, père,
» C'est fruit d'une autre plante et fruit de la lumière,
» Là bas, sur ces coteaux qu'embrase le soleil. »
« Ah ! » fit l'homme béni, les yeux pris de sommeil;
Et sa tête tomba sur son lit, où la mousse,

Mol oreiller du pâtre, amortit la secousse.
Mais tandis qu'il dormait, le ciel bleu se troubla ;
Le vent siffla, les monts gémirent, et voilà,
O prodige ! ô terreur ! que du sein de la nue
Descend, tombe sans bruit une pluie inconnue,
Blanche, épaisse, laissant comme des papillons
Aux arbres effleurés de ses blancs tourbillons.
Les pâtres, l'œil fixé sur l'étrange merveille,
Regardaient, quand soudain le vieillard se réveille ·
« Oh ! la neige, dit-il ; mon destin s'accomplit,
» Voici mon grand linceul, voici mon dernier lit ;
» J'entends les voix d'en haut ; le Seigneur me rappelle ;
» Je vais rendre à ses pieds, moi son pasteur fidèle,
» Compte du long travail de mes neuf cent neuf ans ;
» Mais vous qui survivrez, mais vous, ô mes enfants,
» Hâtez-vous ! — l'âpre hiver dont vous sentez l'haleine
» S'empare des sommets qui bornent cette plaine,
» Et ces lieux ne seront, pendant huit sombres mois,
» Bons qu'aux ailes de l'aigle et qu'aux pieds du chamois.
» Voyez ! en haut, en bas, la neige tombe, tombe...
» Aujourd'hui froide couche, et demain froide tombe !
» Partez donc ! — vous aussi, Dieu vous appelle ailleurs,
» Vers des climats plus doux, sous des astres meilleurs,
» Où vous échangerez les biens de la montagne
» Contre les fruits nombreux d'une riche campagne,
» Où vous boirez, enfants, cette chaude liqueur,
» Qui troublant mon esprit m'a réchauffé le cœur !
» Allez, mes fils, allez ! — Pour vous marquer la voie,
» Voici le guide sûr que le ciel vous envoie,
» Cette génisse blanche, aux grands yeux, au poil long,
» Qui fait tinter sa cloche et descend le vallon
» Sans que jamais son pied hésite ou s'embarrasse ;

» Sur la plaine mouvante au loin suivez sa trace,
» Et quand, lasse et vaincue, elle s'arrêtera,
» Vous vous arrêterez.... et Dieu vous bénira ! »
La parole mourut sur sa bouche oppressée;
Ses fils entre leurs mains prirent sa main glacée,
Et chacun déposa sur le front paternel
Des suprêmes adieux le baiser solennel !
Puis quittant ces hauteurs où tout pas a son piége,
Ils partirent... toujours, toujours tombait la neige ;
Et déjà le grand mort était enseveli
Dans l'immense linceul qui n'avait pas un pli !

Lors du vallon natal franchissant la barrière,
Ils suivirent le cours de la blanche rivière,
Qui n'avait pas de nom, qui plus tard fut l'Adour;
Ils marchaient, regardant et songeant tour à tour,
Et parfois s'arrêtaient; mais la claire sonnette
Les rappelait bientôt; et la troupe muette
Reprenait le chemin rude et mystérieux
Que frayait dans les bois la génisse aux grands yeux.
Ils parvinrent ainsi jusqu'aux bords solitaires,
Où coulent du rocher ces ondes salutaires
Qui t'ont donné leur nom, ô Bagnères ! — Le lieu
Leur plut, et s'asseyant : « Serait-ce ici que Dieu
» Nous voudrait; » dirent-ils ? — Mais la cloche sonore
Tintant, la vache allait; ils allèrent encore,
Ils allèrent long-temps. Enfin, le soir venu,
La vache s'arrêta sur un mont inconnu,
Où de ses quatre pieds se fixant à la terre,
Elle se revêtit d'une écorce de pierre!
Et tombant à genoux, d'un saint effroi saisi,
Le groupe des pasteurs s'écria : « C'est ici. »

Aussitôt sur le bord de la forêt prochaine
La tribu s'établit, et façonnant le chêne,
Bâtit à l'orient de rustiques maisons ;
Le sol se couronna de l'or pur des moissons,
Et les enfants dotés de la sueur des pères
Vécurent dans ce lieu des jours longs et prospères,
Et l'on vous montre encore, au haut de Montgaillard,
La vache qui mena les fils du grand vieillard !

Août 1855.

UNE RENCONTRE AU BAS DU PORT DE VÉNASQUE.

—

A MONSIEUR JEAN-JACQUES D......

Le matin était pur; mais déjà de l'automne
Gémissait dans les bois le souffle monotone;
Les premiers froids d'octobre avaient roussi les prés;
Les hêtres étalant leurs feuillages pourprés,
Tranchaient sur les sapins dont la sombre verdure
Tombait comme les plis d'une immense tenture;
Sur la pointe des pics la neige vierge encor
Se teignait dans l'azur de vagues reflets d'or,
Et nos yeux allaient pleins de contrastes sublimes,
De l'ombre du vallon à la splendeur des cimes!

Nous nous étions assis autour d'un grand rocher
Qu'un rayon de soleil, pâle, venait lécher,
Tandis que nos chevaux, en secouant la bride,
Mordaient la feuille sèche ou le gazon aride.
Tout à coup dans l'écho s'éveille un bruit joyeux,
Le grelot tinte au loin; et voilà qu'à nos yeux

Apparaît, dans un pli du sentier qui serpente,
Un mulet espagnol qui remontait la pente.
Un homme le guidait, écartant du chemin
La pierre avec le pied, la branche avec la main.
La bête sur son dos balançait deux corbeilles
Où s'épanouissaient, fraîches, roses, vermeilles,
Deux têtes, deux amours d'enfants, deux blondes sœurs,
Dont les yeux miroitaient de ces molles douceurs
Que Raphaël glissa dans les larges prunelles
De ses vierges rêvant aux gloires éternelles !

Le père (car c'était un père), tour à tour
Caressait chaque enfant d'un long regard d'amour,
Et celles-ci, fronts purs où l'archange se mire,
Payaient le doux regard par un plus doux sourire !
De son côté, paisible et grave, le mulet
Agitant ses grelots, l'oreille au vent, allait,
Sans jamais encourir menace ni reproche ;
D'un pas lent, d'un pas sûr, il gravissait la roche,
Comme s'il eût, berçant les deux si chers fardeaux,
Compris tout le bonheur qu'il portait sur le dos !

Quand il fut près de nous, le père, franc visage,
Où la bonté brillait sous les rides de l'âge,
Comme un enfant qui craint de blesser un oiseau,
Prit le couple rieur, et non loin du ruisseau,
Posa sur le gazon ces figures heureuses ;
Puis étalant le pain et les noix savoureuses,
Il fit, sans oublier le mulet à son pieu,
Un de ces saints repas que bénit le bon Dieu !
Il riait à la faim des charmantes gloutonnes,
Qui de leurs jolis pieds et de leurs mains mignonnes

S'agacèrent bientôt, joyeux lutins; et nous
Lentement attirés par ce tableau si doux,
Nous vînmes nous asseoir plus près, et nous baisâmes
Sur la grâce des fronts l'innocence des âmes !

Le bon père s'émut de tendresse et d'orgueil,
Et nous remercia par un tendre coup d'œil.
Alors, sans se douter de la réponse amère,
L'un de nous hasarda ces mots : « Où donc la mère? »
Le brave homme se tut, mais nous montra les cieux,
Et pour cacher les pleurs qui vinrent à ses yeux,
Il prit les deux enfants, et, voilé de leurs tresses,
Il inonda leurs fronts d'ineffables caresses ;
Puis, son âme remise et les pleurs essuyés,
Il siffla le mulet qui bondit à ses pieds,
Et qui soudain courbé sur le genou flexible,
A la charge connue offrit son dos paisible.
La sangle, au fort tissu, fut bouclée avec soin ;
La corde assujettit les paniers, et le foin
Lentement remué par les mains paternelles,
Aux enfants, dont la joie inondait les prunelles,
Fit un siége plus doux, en leur double berceau,
Que n'en fait dans le nid la mousse au jeune oiseau !

Quand il eut tout rangé sur la souple monture,
Le père, simple enfant de la simple nature,
Vint nous prendre la main ; le grelot retentit,
Et vers les ports glacés la famille partit,
Comme s'acheminaient pour de lointains voyages,
Conduites par Dieu seul, les tribus des vieux âges !
Nous suivîmes long-temps, inquiets spectateurs,
Le mulet dirigé vers ces âpres hauteurs,

Où le ciel se rayait de ces vapeurs blanchâtres
Qui s'enflent, et des pics bientôt chassent les pâtres
Et lorsqu'entre deux monts que l'œil mesure en vain,
Le mulet disparut dans un hideux ravin,
Alors, plus inquiets, alors de la pensée
Nous suivîmes encor, sous la brume abaissée,
Le groupe disparu dans ces mornes chaos;
Et nous priâmes tous le Dieu qui parle aux flots,
Le Dieu qui parle aux vents, aux neiges, aux tempêtes,
Le Dieu dont la bonté sauve les blondes têtes,
De conduire à travers ce funèbre horizon,
Homme, enfants et mulet au seuil de la maison,
Et de bénir ce toit, où dans le cœur du père
Les filles au berceau retrouvaient une mère!

Septembre 1855.

A MESDEMOISELLES DELPHINE ET PAULINE G......

D'autres ont les joyaux, les perles, les dentelles,
Pour se faire des fronts sereins ou radieux ;
Mais vous, le doux rayon qui luit dans vos prunelles,
Comme la fleur aux champs, vous le cueillez aux cieux !

De vous, toujours ensemble et par l'âme jumelles,
Groupe aimant où, charmés, se reposent les yeux,
De vous l'on ne dit point : « Voyez, elles sont belles ; »
Mais on dit : « Elles sont bonnes ; » et c'est bien mieux !

C'est que vous remplissez, sans bruit et sans mystère,
Votre tâche du jour, modeste, simple, austère,
L'une avec dévouement, l'autre avec abandon ;

Si bien qu'à tous, enfants, vieillards, mères, poètes,
Vous paraissez, ô sœurs pour le bien toujours prêtes,
Toi, l'ange du devoir, toi, celui du pardon !

Septembre 1855.

LE SERPENT D'ISSABIT.

—

LÉGENDE PYRÉNÉENNE.

Son œil brillait comme une braise ;
Dans sa gueule, ardente fournaise,
Un mouton passait comme un grain ;
Tout s'enfuyait à son approche,
Et ses écailles sur la roche
Sonnaient au loin comme l'airain.

Je crois, Dieu me pardonne,
Que l'enfer le vomit,
Le serpent vert et jaune,
Le serpent d'Issabit !

Quand la faim lui grouillait au ventre,
Il s'en allait hors de son antre,
Et, les touchant d'un regard sûr,
Il faisait tomber dans sa bouche

Le milan, l'épervier farouche,
Et l'aigle, roi du vaste d'azur !

Je crois, Dieu me pardonne,
Que l'enfer le vomit,
Le serpent vert et jaune,
Le serpent d'Issabit !

Souvent, dans la forêt prochaine,
Il suivait, déroulant sa chaîne,
Des troupeaux l'oblique sentier,
Et sous les yeux des bergers mornes,
Il avalait, jambes et cornes,
Il avalait un bœuf entier !

Je crois, Dieu me pardonne,
Que l'enfer le vomit,
Le serpent vert et jaune,
Le serpent d'Issabit !

Repu de bœufs, de chiens, de pâtres,
On dit qu'au bord des lacs grisâtres
Il étendait ses longs anneaux,
Et que penchant sa tête noire,
Si long-temps il restait à boire
Qu'il desséchait les grandes eaux !

Je crois, Dieu me pardonne,
Que l'enfer le vomit,
Le serpent vert et jaune,
Le serpent d'Issabit !

On dit enfin, et j'en frissonne,
Que des monts gris, les soirs d'automne,
Guettant les voyageurs lassés,
Il aspirait de son haleine
Hommes, femmes, qui de la plaine
Arrivaient morts aux pics glacés !

Je crois, Dieu me pardonne,
Que l'enfer le vomit,
Le serpent vert et jaune,
Le serpent d'Issabit !

Au loin les terreurs étaient grandes ;
En vain les dons et les offrandes
De Saint Orens paraient l'autel ;
Rien n'y faisait ; et plus sauvage
Le monstre étendait son ravage,
Mangeant l'homme, narguant le ciel !

Je crois, Dieu me pardonne,
Que l'enfer le vomit,
Le serpent vert et jaune,
Le serpent d'Issabit !

Lors les pâtres, aux bords d'un gave,
Tinrent conseil, et le plus grave
Dit, invoquant le nom de Dieu :
« Contre le fléau qui dévaste
» Ces lieux frappés d'un sort néfaste,
» Il n'est qu'une arme ; c'est le feu ! »

Je crois, Dieu me pardonne,

  Que l'enfer le vomit,
  Le serpent vert et jaune,
  Le serpent d'Issabit!

« Devant le monstre qu'une enclume
» Brille, ardente; comme une plume
» Son haleine l'attirera;
» Et s'il s'acharne à cette proie,
» Qu'il l'engloutisse ou qu'il la broie,
» Soyez-en sûrs, il crèvera! »

  Je crois, Dieu me pardonne,
  Que l'enfer le vomit,
  Le serpent vert et jaune,
  Le serpent d'Issabit!

L'avis parut bon, et l'enclume,
Flamboyante; un matin de brume,
Fut portée avant le soleil,
Vis à vis la caverne sombre
Où le serpent couché dans l'ombre,
Grinçait même dans le sommeil!

  Je crois, Dieu me pardonne,
  Que l'enfer le vomit,
  Le serpent vert et jaune,
  Le serpent d'Issabit!

Cependant le monstre s'éveille;
Il bâille, et soudain, ô merveille!
L'enclume court; elle bondit;
Et comme l'acier dans la forge,

Elle siffle et bruit dans la gorge
Du reptile qui l'engloutit !

Je crois, Dieu me pardonne,
Que l'enfer le vomit,
Le serpent vert et jaune,
Le serpent d'Issabit !

Mais bientôt la flamme circule,
Et dans l'âpre soif qui le brûle
Le dragon boit tous les ruisseaux ;
Son corps s'enfle, s'enfle.... il se perce,
Et du large fleuve qu'il verse
Se forme un lac aux claires eaux !

Du serpent vert et jaune
Voilà comment sortit
Le beau lac qui rayonne
Au vallon d'Issabit !

Octobre 1855.

A MADEMOISELLE VALENTINE P.....

Quand auprès de vous grande et belle,
Le petit frère vient s'asseoir,
Souvent mutin, parfois rebelle,
Cachant des pleurs dans son œil noir;

Quand il saisit d'un air morose
Le livre où nous avons pâli,
Et qui fait au front blanc et rose
Son premier deuil, son premier pli;

Que d'abord il cherche à connaître,
Vous questionnant du regard,
Si la sœur ne voudrait point être
Un peu sévère, par hasard;

Puis, quand se fiant au sourire
Qui sur vos lèvres est si doux,
L'espiègle enfin se met à lire,
Ses deux coudes sur vos genoux;

A ce frais tableau qui m'enivre,
Mon cœur s'émeut, et je comprends

Qu'il est heureux et bon de vivre
Avec les petits de quatre ans !

Mais la consonne et la voyelle
S'unissent dans la jeune voix ;
Tout bas la syllabe s'épèle ;
Ainsi j'épelais autrefois.

Bientôt las de suivre la paille
Sur un grand mot qui l'interdit,
L'enfant s'arrête, puis il bâille...
Ainsi je bâillais, m'a-t-on dit.

Quoi ! l'ennui béant à cet âge !
C'est bon pour nos vieux de vingt ans ;
Mais c'est pitié sur ce visage
Où se mire un si gai printemps !

Vous le comprenez ; car le livre
Soudain se ferme, et le lutin,
Pareil à l'oiseau qu'on délivre,
Bondit vers quelque doux butin !

Il va loin de vous, jeune fille,
Bien vite oublier sa leçon,
Tandis que vous, avec l'aiguille,
Vous reprenez votre chanson. .

Et moi qui me réconcilie
Avec les hommes par l'enfant,
Assis près de vous, moi j'oublie...
Voilà pourquoi je viens souvent!

Oublier ! ce mot vous étonne,
Vous qui pouvez vous souvenir,
Vous pour qui tout luit ou rayonne,
Le passé comme l'avenir !

Oublier !... vous que tout enchante,
Dans les vallons quand mai fleurit ;
Vous qui riez à ce qui chante,
Vous qui chantez à ce qui rit !

Vous qui paisible et sans chimère,
En attendant l'heureux époux,
Vous fiez à l'œil d'une mère,
Au bras d'un père... au cœur de tous !

Allez donc, vous que tout caresse,
Allez sans crainte ; Dieu bénit
Ceux qui viennent avec tendresse
Visiter l'oiseau dans le nid !

Cueillez dans le pré qui s'émaille,
Dans les mousses, sur le gazon,
Cueillez même sur la broussaille,
Cueillez les fleurs de la saison !

Prenez, joyeuse, à toute chose
Son charme, sa grâce ou son miel ;
Prenez le parfum à la rose,
La paix aux bois, l'espoir au ciel !

Partout, dans la calme nature,

Portez vos yeux, portez vos pas ;
Sachez ce que le vent murmure
Tout haut à l'arbre, aux fleurs tout bas !

Voyant qu'un souffle qui l'effleure
Fait plier le jeune roseau,
Vous serez encore meilleure
Et pour l'enfant et pour l'oiseau !

Plus de clartés, pour la famille,
Scintilleront dans vos doux yeux.,.
Et près de vous, ô jeune fille,
Moi qui souffre, j'oublierai mieux !

Janvier 1850.

A UNE PIÈCE D'OR.

Toi qui du balancier t'élances toute neuve,
Quel sera ton destin, quel sera ton essor?
Le vieux juif viendra-t-il t'enlever à la veuve
Pour t'envoyer grossir un immonde trésor?

Paieras-tu la phryné, vase impur où s'abreuve
Tout ignoble passant, pourvu qu'il ait de l'or?
Tenteras-tu l'enfant qui, sombre et morne épreuve!
Entend râler son père, et vierge, lutte encor!

Que de crimes hélas! sur les corps ou les âmes
Pour toi seront tentés! que de trafics infâmes,
Les uns clairs et publics, les autres inconnus!

N'importe! je t'absous d'avance et te pardonne,
Si tu tombes un jour, discrète et sainte aumône,
Chez la mère priant, priant pour les fils nus!

Janvier 1856.

SOUVENIR DE LHÉRIZ.

—

A MADAME MÉLANIE B.....

Des hauts vallons où le pâtre
Mène au printemps ses troupeaux,
Où, sous la roche grisâtre,
La génisse vient s'ébattre
A la source des ruisseaux;

De ces asiles champêtres
Qui protégent les grands bois,
Où, chaque nuit, sous les hêtres,
Veillent auprès de leurs maîtres,
Les gros chiens, aux rudes voix;

De ces lieux où, recueillie,
Sous les ombrages épais,
L'âme doucement oublie
Les hommes et leur folie,
Dans le mystère et la paix;

25

Aucun, dans nos Pyrénées,
Sous un ciel tranquille et pur,
Près des forêts inclinées,
N'a cimes mieux couronnées
Et de rayons et d'azur;

Aucun n'a', pour les poètes,
Plus mystérieux abris,
Et sous des voûtes discrètes,
Plus amoureuses retraites
Que le calme et doux Lhériz!

Des vals qui s'ouvrent en crèche,
Aucun n'a plus frais gazons,
Herbe plus tendre, eau plus fraîche,
Et du sommet de la brèche
Plus splendides horizons!

Là, quand mai sourit, l'aurore,
Aux rayons trempés de pleurs,
Sur les pentes fait éclore
Pour le savant une flore...
Pour vous, madame, des fleurs!

Fleurs déployant leurs calices,
Sur la crête, au bord de l'eau,
Au penchant des précipices,
Où, défiant les génisses,
Elles invitent l'oiseau!

L'enfant, pur et frais comme elles,
Les admire, et le lutin

Qui les découvre si belles,
Envie à l'oiseau ses ailes
Pour un si charmant butin !

Mais si les fleurs de la roche
Trompent la main ou la dent,
Si jamais d'elles n'approche
La chèvre au pied qui s'accroche
En vain au sommet pendant,

A toute brise qui passe
Elles livrent leur trésor ;
Et le vent jette à l'espace
Tous les parfums qu'il ramasse
Dans ces belles urnes d'or !

Et des soirs la tiède haleine
Les portant jusqu'à nos murs,
La foule accourt de la plaine
Vers l'oasis d'ombre pleine
D'où viennent des vents si purs !

Mais nous, était-ce la brise
Qui là haut nous attirait,
Sous un ciel que rien n'irise,
Quand janvier de brume grise
Drape la morne forêt ?

Dans l'herbe de la prairie,
Dans les gazons du ruisseau,
Pas une tige fleurie,

Et sur la branche flétrie
Grelottait le pauvre oiseau !

Sur les pentes désolées
Se levaient à notre voix
Les corneilles qui, troublées,
Fuyaient par noires volées,
Et criaient au fond des bois ;

Nulle clarté de la nue
N'ouvrait le voile jaloux ;
Nul bruit, nulle voix connue,
La roche était froide et nue...
Et pourtant c'était bien doux !

Près de la neige semée
Devant nous en longs tapis,
Près d'un feu plein de fumée,
Dans la ravine fermée
Nous nous serrions accroupis.

Et c'était doux ; car le rire
Sur vos lèvres pétillait,
Et votre aimable délire
Nous faisait, je puis le dire,
Mieux qu'un soleil de juillet !

Puis, votre voix où la grâce
Se mélange de fierté,
Nous jetait dans la crevasse
Ce nom qui remplit l'espace,
Ce grand nom de liberté !

Ainsi, du cœur saint des femmes
S'échappent, gais ou touchants,
Des mots qui charment les âmes...
Ainsi tous nous oubliâmes
Et les fous et les méchants!

Les heures, au pied qui traîne,
Fuyaient comme des instants;
Aviez-vous donc, magicienne,
Touchant l'herbe d'une haleine,
Près de nous fait le printemps?

Janvier 1856.

LE FILS DU CAGOT *.

—

A MON VIEIL AMI DENIS V.,....

« Jeune fille, nos prés finissent où le Gave
» Roule son flot d'argent sous ces roches qu'il lave ;
» Notre heureuse maison regarde le midi ;
» Là, guettant mon réveil, sur le seuil attiédi
» S'empressent à ma voix plus de vingt poules blanches ;
» De grands buis, de vieux houx entrelaçant leurs branches,
» Font au mur qui s'abaisse une verte cloison
» Qui nous gare des vents de l'humide saison ;
» Cent brebis, dont la crèche est de foin toujours pleine ,
» Nous livrent deux fois l'an le trésor de leur laine,
» Et deux taureaux, à l'œil ardent, aux larges cous,

* Dans certains cantons de nos Pyrénées, les descendants des Cagots trouvent difficilement à épouser des jeunes filles de race pure. L'anathème ne pèse plus sur eux, mais le préjugé subsiste. C'est cette situation que j'ai voulu constater en la dramatisant.

» Fécondent à l'envi les mères au poil roux ;
» Enfin , dans notre asile, où tout croît et prospère,
» Aussi maître que lui, je vis avec mon père,
» Qui pour lui réservant la peine et le travail,
» Me laisse gouverner l'étable et le bercail.
» Or, le vieillard m'a dit, un soir qu'un ciel grisâtre
» Nous avait rappelés plus tôt autour de l'âtre :
« Enfant, pour que la joie arrive à ce foyer,
» Avant les foins nouveaux il te faut marier ;
» Mon front penche, et déjà la force m'abandonne ;
» Hâte-toi donc et prends, pourvu qu'elle soit bonne,
» La plus belle, non pas la plus riche, et crois bien
» Que j'ai dans ma maison, mon fils, assez de bien,
» Pour recevoir sans dot ta jeune fiancée,
» Fût-elle sans parents et de tous délaissée,
» Fût-elle, n'apportant ici que son fuseau,
» La plus pauvre parmi les bergères d'Ossau. »
— « Eh bien ! ô jeune fille, écoute ; — nos prairies ,
» Notre blanche maison et mes poules chéries,
» Nos brebis, nos agneaux et leur riche toison,
» Nos taureaux qui du pied creusent le vert gazon,
» Nos bois, où le ruisseau chante sous les ombrages,
» Et nos champs généreux, et nos gras pâturages,
» Et mon amour enfin, tout cela, c'est à toi,
» Si me donnant ton cœur tu me donnes ta foi,
» Et si venant t'asseoir aux lieux où l'on t'espère,
» Tu veux, aimant le fils, aimer aussi le père! »

Un soir, ainsi parlait, timide et gracieux,
Un bel adolescent, au front pur, aux doux yeux,
Qui, voilés, reflétaient quelque chose d'étrange,
De grâce et de tristesse indicible mélange.

La vierge se taisait, assise au pied d'un buis,
Immobile. Soudain elle se lève, et puis :

« Je suis, dit-elle, hélas ! je suis une orpheline ;
» Je n'ai rien dans la plaine et rien sur la colline ;
» En gardant ces brebis je tourne mon fuseau,
» Et je suis, en effet, la plus pauvre d'Ossau.
» Mais quand tu compterais, en de vastes domaines,
» Les moutons par milliers, les vaches par centaines,
» Maître de ce vallon, quand tu possèderais
» Tous ces toits, tous ces champs et toutes ces forêts,
» Et qu'à moi, l'orpheline, à moi qui souvent pleure,
» Tu vinsses, en tremblant, offrir comme à cette heure,
» Offrir avec ton cœur ta richesse et ton nom ;
» Eh bien ! jeune homme, eh bien ! je te répondrais : non !
» Car à tous ces trésors, dont les autres sont vaines,
» Je préfère le sang qui coule dans mes veines,
» Sang pur que m'ont transmis les aïeux ; mais le tien,
» Tous le savent ici, n'est pas du sang chrétien.
» Cesse donc de tenter ma pauvreté rebelle,
» Tu trouveras ailleurs une amante plus belle
» Et moins sévère. Adieu, voici mon chevrier
» Qui s'approche ; avec lui je me dois marier ;
» Il n'a ni maison blanche aux flancs de la colline,
» Ni champs où la moisson au vent d'été s'incline,
» Ni troupeaux répandus sur la pente des monts ;
» Mais il est brave et fort, et puis nous nous aimons ;
» Et ses aïeux, chrétiens de souche franche et bonne,
» A l'épaule jamais n'eurent la patte jaune * ;

---

* Un morceau d'étoffe grossière attaché à l'épaule et représentant une patte d'oie ou de canard était le signe distinctif des Cagots.

» Jacques est orphelin et pauvre comme moi,
» Mais il n'est point Cagot et maudit comme toi! »

Et l'enfant, l'œil humide et la tête baissée,
Lentement disparut. Son âme était blessée,
Son cœur saignait; pourtant il ne s'éloigna pas.
La mousse et le gazon amortirent ses pas;
Et sous la feuille il vit le brun pasteur de chèvres
Tenter d'heureux larcins sur de charmantes lèvres;
Il entendit ces mots qui s'exhalent des cœurs,
Puis les joyeux propos, puis les rires moqueurs,
Et pâle, sanglotant, il se leva de terre;
Et craignant de parler, ne voulant pas se taire,
Il courut à travers les bois en maudissant
Le vice originel transmis avec le sang,
Enviant, le sein gros de haine et de colère,
Ce pasteur qui, prenant sur un maigre salaire,
A grand peine pourrait, sous le chaume indigent,
Donner à sa promise une bague d'argent!
Et depuis lors, atteint d'un mal inguérissable,
Tantôt couché dans l'herbe et tantôt sur le sable,
Le malheureux passait les jours à contempler
Les nuages courir ou les ondes couler;
Et rien ne l'arrachait aux noires rêveries,
Ni les agneaux bêlant dans les vertes prairies,
Ni le chien qui venait, ami silencieux,
Lui caresser la main et lire dans ses yeux,
Ni du père effrayé les tremblantes prières,
Ni les larmes tombant de ses vieilles paupières!
Le cœur empoisonné d'un mortel souvenir,
Il aspirait à l'heure où tout mal doit finir,

A cette heure qui rompt la chaîne et nous délivre
Ou du tourment d'aimer ou de l'ennui de vivre !

Enfin, un jour d'avril, Jeanne se maria;
Et le soir s'éteignit le pauvre paria,
Quand un dernier rayon fuyait de sa fenêtre.
Le domaine envié bientôt n'eut plus de maître,
Car le père suivit, hélas! et de bien près,
Le fils couché là bas sous les mornes cyprès !

Février 1856.

A MADAME LOUISE D.......

Toute chose ici bas a, suivant la saison,
Suivant l'heure et le jour, sa parure ou sa grâce;
Le lac a du rayon la lumineuse trace,
Le printemps a les fleurs, et l'été la moisson!

Mais plus douce que mai qui fleurit le buisson,
Plus riche que juillet fier des grains qu'il entasse,
Plus pure que le lac teint d'un reflet qui passe,
Et plus réjouissante, ô mère, est la maison,

La maison où Dieu met, pour y chanter et bruire,
Pour nous faire adorer ou nous faire sourire,
Les enfants, ces oiseaux dont tout cœur est le nid!

La tienne a cette joie, et dans ces têtes roses
Qui dérident soudain les fronts les plus moroses,
La famille te fête et le ciel te bénit!

Mars 1856.

A MADAME DELPHINE D......

Ton œil charmant et fier est tantôt un miroir
Où dans sa pureté se réfléchit ton âme,
Où ta pensée intime, ô belle jeune femme,
Luit et semble sourire à quelque doux espoir;

Tantôt un prisme ardent, superbe, où j'aime à voir
Dans l'azur qui s'allume un aiguillon de flamme
Etinceler, pareil à l'éclair, cette lame
Qui perce de ses feux les nuages du soir!

Le miroir est si clair et si chaste! — qu'il brille
Pour tous, jeunes et vieux, dans l'heureuse famille,
Et pour moi qui te dis mes songes et mes chants!

Mais qu'aussi le rayon en vif éclair se change!
Et qu'on sache que l'œil de la femme, cet ange,
Peut, souriant aux bons, châtier les méchants!

Mars 1850.

A MADEMOISELLE MARGUERITE B.....

Bondis, ô jeune fille, oubliant nos leçons,
Bondis, et n'entends rien ni conseil ni reproche ;
Et t'inquiétant peu du voile qui s'accroche,
Passe entre les guérets sans toucher aux moissons !

Va, joyeuse, bruyante, et fais à ton approche
Fuir l'insecte des fleurs et l'oiseau des buissons,
Ou, chèvre au pied hardi, grimpe de roche en roche,
Et, sans en éprouver, donne-nous des frissons !

Vers nous tu reviendras, haletante, effarée,
Le front tout ruisselant et la main déchirée ;
Mais l'eau coule tout près, l'eau pleine de fraîcheur....

Pour toi je ne crains pas l'épine et ses morsures ;
Mais plus tard, douce enfant, je crains d'autres blessures ;
L'épine en veut aux mains, le monde en veut au cœur !

Avril 1850.

A MON AMI J.-J. V....... AINÉ.

Quand glisse le steamer, sous un ciel étouffant,
Au milieu d'un grand fleuve endormi dans la plaine,
Sur le pont, où ne vient frémir aucune haleine,
Pensif, le voyageur s'imagine souvent

Qu'oublié de la brise et qu'oublié du vent,
Le vaisseau ne va pas sur le flot qui l'enchaîne ;
Mais qu'il fixe un point noir sur la rive prochaine,
Soudain le voyageur sait qu'on marche en avant !

Ainsi de notre siècle. Ami, parfois je doute
S'il progresse à travers tant d'ombre, s'il fait route
Vers les ports inconnus que si loin nous cherchons ;

Alors je me retourne ; et quand je vois décroître
Dans le passé lointain le donjon et le cloître,
Je comprends et je dis, frère, que nous marchons !

Avril 1856.

VÉNUS.

—

A MON FRÈRE.

1.

« Je rayonne le soir, et le matin je luis,
  » Etoile entre toutes élue ;
» Le rossignol me chante au sein des tièdes nuits,
  » Et l'alouette me salue.

» J'ai brillé sur Eden, j'ai brillé sur Ida,
  » Partout où rêvait une femme ;
» De mon plus doux reflet l'œil d'Eve s'inonda,
  » Junon voulut toute ma flamme !

» Je suis l'astre joyeux, je suis l'astre divin
  » Qu'appellent tous les fronts d'albâtre ;
» Mes clartés que les rois sollicitent en vain
  » Descendent aux chansons du pâtre !

» J'ai guidé vers l'amour, nocturne et doux flambeau ,
    » La puissance ou la poésie ;
» Dans l'attente et l'effroi j'ai vu languir Sapho ,
    » Et j'ai vu sourire Aspasie !

» Horace m'appelait dans les bois de Tibur,
    » Ou sur les rives de Blanduse ;
» J'ai senti jusqu'à moi, dans mon paisible azur,
    » Monter tous les chants de la muse !

» Dante, proscrit géant qui jamais ne ploya ,
    » M'a dit un nom vague et sonore ;
» Sur l'aile d'un sonnet Pétrarque m'envoya
    » Le nom mélodieux de Laure !

» Aujourd'hui plus de vœux, plus de chants, plus de voix ;
    » Je passe morne et solitaire ;
» Ma lampe luit en vain dans le ciel bleu ; je vois
    » Qu'on me dédaigne sur la terre !

» Auriez-vous donc trouvé quelque étoile ma sœur,
    » Dont la lumière soit plus douce ;
» Dont le rayon , des bois traversant l'épaisseur,
    » Glisse plus discret sur la mousse ?

» Jeune homme, réponds-moi , jeune homme qui jadis
    » Dans ton œil laissais voir ton âme ;
» Dis-moi, que faites-vous? Dans quels centres maudits
    » Cachez-vous l'amour et la femme ?

» Jeune homme qui venais, grave et mystérieux,
    » Aux bords de l'onde qui se voile,

» D'où vient que ton regard ne cueille plus aux cieux
    » L'espoir qui luit dans mon étoile? »

II.

« Plonge-toi, plonge-toi dans le vide azuré,
    » Dans l'éther, aux courbes profondes ;
» Va porter ton regard, astre pur et sacré,
    » Et ton sourire à d'autres mondes !

» La terre a mieux que toi, Vénus des cieux lointains,
    » Et se rit de ton élégie ;
» L'amour ne brille plus dans les regards éteints ;
    » Qu'importe ? il nous reste l'orgie !

» La femme, c'est Phryné, c'est Flora, c'est Ninon,
    » Un impur, un hideux mélange,
» Quelque chose qui n'a dans le ciel plus de nom
    » Ni pour l'étoile, ni pour l'ange !

» Fuis donc, astre charmant, cache-toi, disparais
    » Ou dans les cieux ou dans les ondes ;
» Si tu restais sur nous, Vénus, tu salirais
    » Ta lumière à des fronts immondes !

» Que me fait ton rayon ? moi, je n'ai plus d'amours,
    » Et mon sein frémit ou s'oppresse ;
» Car, sur elle lâchant Croates et pandours,
    » Le Teuton a pris ma maîtresse !

» Et tant qu'il la tiendra, froide, sous son talon,
  » Dans ses cachots aux lourdes grilles,
» Tant qu'elle rongera la chaîne et le bâillon,
  » Que tu t'effaces, que tu brilles,

» Je ne lèverai pas, étoile au front serein,
  » Mon œil vers les voûtes sacrées,
» Et j'enverrai, la nuit, mes vers, au bec d'airain,
  » Mordre des faces exécrées !

» J'attendrai pour chanter l'amoureuse chanson
  » Qui te berçait parmi les sphères,
» Pour venir au Lido, sous ton calme horizon,
  » Sur la rive que tu préfères,

» Que de Naples qui râle à Venise qui mord
  » La chaîne de plomb qui nous lie,
» Pâle, se dégageant de son linceul de mort,
  » Se lève ma pauvre Italie !

» Et que sortant enfin du cachot empesté,
  » Divinité qui se redresse,
» Mon amante, à l'œil bleu, la vierge Liberté
  » Sur les lagunes m'apparaisse ! »

Avril 1856.

NOS PYRÉNÉES.

—

A MON AMI FRANÇOIS S......

Ami, quand il s'en va des lieux qui l'ont vu naître,
Qu'il soit fils de la ville ou fils du toit champêtre ,
Qu'il ait suivi de l'œil, vers le sud ou le nord,
Le Rhône qui bondit ou la Loire qui dort,
L'habitant de la plaine, à travers les flots sombres,
Du sol de ses aïeux n'emporte que des ombres,
Qui flottent vaguement sans ligne et sans contour,
Et de l'âme et du cœur s'effacent jour à jour.
Mais quand de sa maison des grands sommets voisine,
Le montagnard s'arrache, ou qu'on l'en déracine,
Que la guerre le prenne ou bien la mer, toujours,
Dans le repos des nuits, dans le travail des jours,
Partout, sur le flot morne ou la rive fleurie,
Une image le suit, vivante ; et la patrie
Emportée en son cœur où passent des frissons,

Devant lui se dessine à tous les horizons ;
Et qu'il les nomme Puys, Alpes ou Pyrénées,
Ses montagnes de neige et d'azur couronnées
Marchent devant sa vue avec leurs pics géants,
A travers tous les cieux et tous les océans !

C'est ainsi, n'est-ce pas ? ami, dont la pensée
A la mienne répond, du même vent bercée,
Teinte au même soleil, trempée au même azur,
Des sommets descendant au lac tranquille et pur,
S'éveillant au rayon des splendides aurores,
Rythmée au bruit lointain des cascades sonores,
C'est ainsi que toujours, toujours nous les aimons,
Radieux ou voilés, ces gigantesques monts ;
Et qu'avec nous habite et qu'avec nous voyage
Leur souvenir profond, ineffaçable image !

C'est qu'ici tout est forme ou prestige ; le soir,
Toute cime est un phare et tout lac un miroir ;
Sous le soleil d'été qui ruisselle et l'embrasse,
Le glacier, à midi, luit comme une cuirasse ;
La cascade qui hurle en son gouffre mouvant,
Prisme pour le rayon, est lyre pour le vent ;
Les sapins étagés dans les forêts antiques
A l'œil qui les contemple ouvrent de longs portiques ;
Ces ovales neigeux, aux immenses contours,
Sont des cirques fermés que surmontent des tours ;
Et montant, gracieuse et fraîche, la vallée
Est une écharpe verte aux flancs des monts roulée !
La plaine, où le rayon lutte avec le brouillard,
N'est qu'un tableau confus qui fuit sous le regard ;
Mais fille d'un effort puissant de la nature,

La montagne superbe est une architecture !
Et ces grands reliefs que la mer a creusés,
Ces groupes rayonnants, l'un sur l'autre entassés,
Tout l'énorme édifice, aux coupoles de flamme,
Vient se mouler dans l'œil qui le moule dans l'âme,
Et pour que ce spectacle en notre souvenir
Ou s'éteigne ou s'efface, eh bien ! il faut mourir !

Et puis, cette montagne, aux pompes éternelles,
Nous parle par des voix douces ou solennelles,
Par le vent du matin qui jasant dans les fleurs,
Dans les calices d'or de la nuit boit les pleurs,
Par la brise des soirs qui se plaint, amoureuse,
Dans l'herbe qu'elle plie ou dans l'eau qu'elle creuse,
Par les torrents gonflés, aux formidables jeux,
Qui battent le granit de leur choc orageux,
Par les bois, où passant, la tempête en démence
Sous leurs dômes suscite une rumeur immense,
Par la gorge où les vents se heurtent, où les eaux
Se brisent à travers de ténébreux chaos,
Par l'avalanche enfin, dont le vieux pic s'allége,
Tourbillon aveuglant, coup de foudre de neige,
Qui tombe, inévitable ; et morne, sans éclair,
Enlève les hameaux qu'il disperse dans l'air !
Et ces voix tour à tour vagues, lentes, plaintives,
Qui chantent sur la branche ou pleurent sur les rives,
Qui nous bercent au bord des flots que nous aimons,
Tous ces râles sortis des entrailles des monts,
Ces tonnerres formés dans les forêts profondes
Des colères des vents et des fracas des ondes,
Ce chœur universel s'engouffrant à la fois
Sous la voûte rocheuse et les cintres des bois,

Eveille, avec un bruit grave qui l'accompagne,
L'écho mystérieux, âme de la montagne !

Eh bien ! toujours, partout, dans la joie ou les pleurs,
Sous le vent qui disperse ou la neige ou les fleurs,
Toujours, ces chants, ces cris, ces éclats, ces tonnerres,
Ces tumultes sortant des sapins centenaires,
Ces murmures tantôt joyeux, tantôt profonds,
Dans l'oreille et le cœur, ami, nous les avons ;
Et comme dans notre œil, ceints d'azur ou de flamme,
Se dessinent les pics, de même dans notre âme,
Et mieux que dans la roche, et mieux que dans l'écho,
Suivant l'heure et le jour, plus doucement, plus haut,
Grand orchestre où Dieu met des notes infinies,
La montagne palpite avec ses harmonies !

Ainsi, tableau pour l'œil qui, fidèle miroir,
Les reflète, vêtus de la pourpre du soir,
Ou drapés dans la neige, éclatante tunique ;
Orchestre pour l'oreille, et pour l'âme musique,
Ces monts, notre berceau, ces monts, tous nos amours,
Admirés, invoqués, chantés, rêvés toujours,
Ils nous tiennent, ami, par d'invincibles chaînes,
Comme ils tiennent leurs rocs, comme ils tiennent leurs
                                                 [chênes,
Et bien plus aisément l'on pourrait détacher
Des entrailles du sol l'arbre avec le rocher,
Que nous, vieux montagnards, du vallon solitaire,
Où semble nous lier quelque puissant mystère !

Que l'homme autour de nous s'agite ; nous, restons
Sous ces murs couronnés d'éblouissants frontons,

Sous ces bois qu'en passant rase l'aile des nues,
Où s'entendent la nuit des orgues inconnues,
Sous l'arbuste fleuri penché sur le gazon,
Où la brise nous dit sa plus molle chanson,
Aux bords du lac dormant où la vierge se mire,
Où l'enfant se sourit, où l'étoile s'admire,
Sous la voûte sonore, au fond de l'antre vert,
Sur la cime d'où l'œil, loin du gouffre entr'ouvert,
Flotte sur le chaos des confuses vallées,
Et s'enfuit et se perd dans les plaines voilées !
Restons là, spectateurs; et, paisibles, laissons
La foule s'élancer vers d'autres horizons,
Vers l'éclat ou le bruit, la gloire ou la fortune !
Et sereins, sans regret, sans pensée importune,
Le jour, la nuit, partout, allons et recueillons,
Echos, les moindres chants, miroirs, tous les rayons,
Et qu'en toi musicien, en moi qu'on dit poète,
La montagne toujours se peigne et se répète !

Reflétons ! redisons ! que nageant dans l'azur,
Ou des brouillards glacés portant le voile obscur,
Ou leur sombre manteau de forêts inclinées,
Dans l'ombre ou le soleil, nos vieilles Pyrénées,
Avec tout ce qui luit ou parle en leurs déserts,
Leurs rayons, leurs clartés, leurs voix et leurs concerts,
Depuis la goutte d'eau qui scintille dans l'herbe,
Jusques à la cascade, étincelante gerbe,
Depuis le souffle vain qui berce les oiseaux,
Jusqu'aux trombes brisant le chêne aux fiers rameaux,
Se résument en nous, cœurs, âmes sympathiques,
Plus émus, plus vibrants que les Memnons antiques !
Qu'en nous de l'homme aussi retentissent les chants,

L'appel sonore et doux qui des sommets penchants,
Avec le vent du soir descend dans les vallées,
La plainte qui soupire à travers les feuillées,
L'ironique refrain de la vive chanson
Dont la fille rieuse agace un beau garçon,
Et, récit merveilleux enchaînant l'auditoire,
La légende qui parle à défaut de l'histoire ;
La légende qui va des lacs silencieux
Aux pics étincelants suspendus dans les cieux,
Qui nous montre, le soir, debout sur les nuages,
Géants démesurés, les hommes des vieux âges,
Qui nous dit des grands monts les antiques secrets,
Les nocturnes horreurs des neigeuses forêts,
Les cavernes où l'or ruisselle de la voûte,
Le mendiant béni que jamais on n'écoute,
La fée à l'œil humide, au sourire enchanteur,
S'enfuyant de sa grotte avec un beau pasteur,
Le serpent, qui de loin fixant la verte plaine,
Attire les passants touchés de son haleine ;
Mythes inexpliqués, que déroule sans art
Pour les pâtres muets un calme et beau vieillard,
Et que nous recueillons au pied des hautes cimes,
Sous le sapin tordu qui pend sur les abîmes,
Pour leur donner, afin qu'ils volent dans les airs,
Toi l'aile de la note, et moi celle du vers !

Et lorsque nous aurons, interprètes fidèles,
Redit ou reflété ces splendeurs solennelles,
Mêlé nos faibles voix au chœur prodigieux,
Qui sort de la montagne et se perd dans les cieux,
Que la mort qui termine ici bas tous les rôles,
Nous aura retiré les chants et les paroles,

Et qu'enlevés soudain au splendide horizon,
Nous dormirons là bas, couchés sous le gazon,
Et que d'autres, au pied de ces grands murs de glace,
Dans le vallon natal auront pris notre place,
Peut-être que ces monts qui nous furent si doux,
Dans leurs vagues rumeurs s'entretenant de nous,
Garderont de l'oubli nos chants et nos mémoires;
Et ce sera pour nous la plus chère des gloires,
Si parmi ces rochers suspendus en arceaux,
Sous le dôme des bois où jasent les ruisseaux,
Nos deux noms réunis comme nos destinées
Flottent dans vos échos, ô grandes Pyrénées!

Mai 1856.

A MADAME ANTOINETTE D......,

Ne craignez rien : pour vous, je dépose, Madame,
La plume au bec d'airain, l'implacable stylet
Que je promène armé d'un iambe de flamme
De tout front de Crésus à tout front de valet !

J'oublie en vous voyant, ô gracieuse femme,
Sourire au groupe heureux où votre œil se complaît,
J'oublie, à ce tableau qui me rafraîchit l'âme,
Que la foule est bien vile et le monde bien laid.

Près de vous s'adoucit toute pensée amère ;
Et le regard ému redescend de la mère
Si tendre et si paisible, aux enfants si joyeux !

Et du vers cadençant l'harmonieuse ligne,
Je voudrais, pour l'écrire, une plume de cygne
Trempée à ce rayon qui brille dans vos yeux !

Mai 1856.

DERNIER MOT.

Ai-je tout dit enfin? — non! — avant que ce livre
M'échappe sans retour, avant qu'il aille où vont
Nos songes et nos bruits, hélas! tout ce qu'on livre
A ce siècle, à ce flot orageux et profond;

Avant que l'un me raille et que l'autre m'enivre,
Avant que l'on dissèque et la forme et le fond,
Avant que l'on m'ait dit s'il doit mourir ou vivre,
Ce volume attendant ceux qui font et défont;

Un seul mot de ce cœur où rien, rien ne s'efface,
Où peut-être les morts ont la meilleure place,
Un mot de ce cœur plein, sanctuaire et cercueil!

Un mot encor! — à vous, abaissée ou grandie,
A vous, mon œuvre entière! à vous, je la dédie,
O père dans la tombe, ô mère dans le deuil!

Mai 1850.

FIN.

TABLE DES MATIÈRES.

FIN DE LA TABLE.

BAGNÈRES-DE-BIGORRE, IMPRIMERIE DE J.-M. DOSSUN.

www.ingramcontent.com/pod-product-compliance
Lightning Source LLC
Chambersburg PA
CBHW070208030726
47505CB00006B/1608